初夜下剋上

ぽっちゃり姫ですがイケメン副
立場が逆転しました

竹輪

Chikuwa Presents

fairy kiss

初夜下剋上

ぽっちゃり姫ですがイケメン副団長の夫と一夜で立場が逆転しました

fairy kiss

一章　白パン姫の結婚騒動

白パン姫。

その名で親しまれている私はオルノア国王の五番目の末っ子、第三王女である。

白パンとは白いパンツばかり穿《は》いているからではなく（まあ大体白ではあるが）その名の通り、食べる白いパンのようにふっくらした容姿であることを指していた。

とどのつまり、太っている。

もともと太りやすい体質だった私の唯一の楽しみは美味《おい》しいものを食べることだった。

それは日々の食事から始まり、デザートまで。

時に美味しいものがあると聞けば遠くの街まで足を運び、城下で評判のお店に変装して並ぶこともあった。

ステーキ、シチュー、パスタにスープ……。

ケーキにクッキーにドーナッツ……。

チーズにポテト、お酒のあてまで。

私の心を躍らせるのも、満たすのも美味しい食べ物なのだ。

忙しい両親と優秀な兄姉たち。五番目の末っ子の私はかなりほったらかしで育った。寂しさと劣等感を埋めるには脂質や糖分が必要で、そうなると拍車がかかったように私の体はどんどん大きくなっていった。

数百年前の世代では、ふくよかな女性が重宝されていたというのに、現在オルノア王国では棒きれのように細い女性が綺麗《きれい》だという風潮である。したがって私のような体形になると世間の目は厳しい。これでも王女だからと数年前まではダイエットも頑張っていたが、私は水を飲んでも太る。無理な食事制限は唯一綺麗だと言われていた肌を荒らす一方だった。ストレスは美容の大敵。もういっそのこと気にしないと決めた。

どうせ、王も王妃も兄姉のことで忙しく私など忘れている。

このまま城を抜け出し、密《ひそ》かに食堂かパン屋を経営しようかともくろみ、何度もこっそりと市井で市場調査を重ねていたのだが……。

私が十八歳になっていると思い出したのだろう、父に呼び出されてしまった。

「元気だったか」

「はい」

久しぶりに見る父はさすがに年を取っていた。隣には母がいて、そっちは以前のド派手な恰好《かっこう》はやめたのか、落ち着いたドレスを着ていた。さすがにそりゃないわ、と思っていた娘としてはホッとした。

しかし母の方は口をあんぐりと開けて私を眺めていた。両親と最後に会った時はこんなにも太っていなかったからだろう。ほかの兄姉はみんな、なにを食べているのかガリガリだからね。

「シャルロット……見ないうちにずいぶん……」

「はい」

父も私の変わりように驚いたようだが、さすが一国の主《あるじ》、すぐに本題に入った。

「まあよい。お前の婿が決まった。我が白鷲《しろわし》の騎士団の副団長であるフレデリック・コンスルだ。十日後には婚約を発表する」

「は？」

「結婚は半年後だ」

「あ、あなた……シャルロットはこんなに、ふと……いえ、ふくよかでしたか？」

「……私もちょっと思っていたが」

「え、ちょっと？　ちょっとってレベルじゃありません。相手はあのフレデリックですよ？　いくら王女といっても」

「しかし、上の二人はもう相手がいる」

「でも、フレデリックですよ？」

「黙りなさい。これは会議でも決まったことだ」

王女であり娘の私の方が歓迎されていないっぽい母の発言に嫌な予感がする。

「キャロルを婚約解消させて……」

「決まったことだ」

「……」

父の意志の強い声で母は黙ったが、いかにも不満げだった。

「シャルロット、質問はあるか？」

「いえ、特には……」

「では、部屋に下がるがいい」

「はい」

不満はあっても質問などない。みそっかすでも王女として生まれたのだから王から拝命した縁談が断れないのはわかっていた。

はあ。

それにしても半年後に結婚だなんて急すぎる。大方、必要に迫られて「あ、そういえばシャルロットがいたわ」くらいの軽さで嫁がされるに決まっている。長女のマリアは隣国に嫁ぎ、次女のキャロルも侯爵家の長男と婚約しており近々結婚する。

私のお相手はなんだっけ、ええと、フレデリック……様？

白鷲の騎士団の副団長と言ったっけ……うーん、私に話が回ってくるなんてきっとおっさんだな。おっさんに間違いない。あと貧乏とか爵位欲しいとか、箔《はく》をつけたいとか。そんな理由が思い浮かぶ。

自室に帰ると侍女のテティが心配そうに駆け寄ってきてくれた。

テティは実母と同じ年齢の乳母であった。成長すると侍女は若い貴族の娘が就くのだけど、私の場合「テティじゃないと嫌」と大泣きし、他の人を受け付けなかった。他にそんな主張をしたことのない私が泣きわめき、両親が折れ、延長して側《そば》にいてもらっているのである。

「シャルロット姫様！　突然のお呼び出しだなんて、大丈夫でしたか？　まさか、市井にこそこそ出かけていたのがバレたのでは？」

「ああ、それはバレてない。結婚が決まったってだけ」

「はー、よかったですねぇ……え？　け、け、け、けっこん？　姫様が結婚!?」

「なんか急だよねぇ」

「そ、それで、お、お相手は……」

「えーっと。白鷺の騎士団の副団長？」

「ふ、ふ、ふ、副団長!?」

「もー、いちいち驚きすぎだよぅ。アハハハハ」

「それってフレデリック・コンスル様ですか？」

「あ、そうそう、そんな名前だったと思う。テティは知ってるの？」

「知ってるもなにも……」

青ざめたテティがなにか言おうとした時、ドアが激しくノックされた。

ドンドンドン、ドンドンドン！

「な、なに？」

慌ててテティがドアを開けると、そこには鬼の形相の母が立っていた。

「お母様？」

私の部屋に来るって何年ぶり……？　目が怖い。怖いから。

「シャルロット、あなた……」

「ど、どうされたのですか？」

「今日からダイエットをするのよ！」

「へ？」

いきなり私の部屋を訪れた母は、急に私にそう言いだした。

「ダイエット？」

ポカンとする私。どうしてそんなことを強制されるのだろう。

「あなたね、お相手はあの、フレデリック・コンスルよ？」

「ええと、白鷺の騎士団の副団長だとお父様がおっしゃってましたけれど……」

さっき得た情報はそれだけだし、どうして母は怒っているのだ。

「そんな知識しかないの!?　まさか……」

「そっち方面にはてんで興味がありませんので」

てへへ、と笑うと母の怒りの火に油を注いでしまったようだ。

「本当に知らないの？　年頃の娘なのに？　フレデリック・コンスル副団長を知らないと？」

母は私を未知の生命体のように見てからよろめき、その答えを得るためにテティを見た。

「ひ、姫様は食のこと以外は関心が薄く……」

カクカクと首を縦に振りながらテティがやっとのことで母に答えた。

「フレデリックはね、この国一番の美男子なのよ！　しかも二十六歳で副団長の実力よ？　文武両道、神に愛された美しい顔！　そしてあの素晴らしいプロポーション！　声まで甘くて体がしびれるの。彼が歩く姿を見るだけで、ハートを撃ち抜かれて倒れてしまうような、国中の女子が憧れる相手なのよ!?」

「はあ……」

なんだそりゃ。歩いたくらいで撃ち抜かれて倒れたら、とんだ兵器ではないか。母は本気でそんなことを言っているのか？

「それなのに、彼の価値を全くわかっていないあなたが嫁ぐなんて」

「ええと、お母様。私が気に入らないなら別の方にしてもらってください」

私の脳の中にある危機管理部が警鐘を鳴らしている。とりあえず回避したいのが本音である。しかしそう思って提案しても母の機嫌は悪くなる一方だった。なんたる理不尽。

「はあああああ？　なに、その上から発言！　フレデリックとの縁談を断るつもり!?」

「……どっちなんですか」

「あああああっ、義理の母になれるチャンスをみすみす逃したくない。でも、シャルロットが、こんなことになっていいようとは」

「え。こんなことって？」

「あの素晴らしいフレデリックの隣に立つというのに、そんなだらしない体でどうするのです。王国中の女性の憧れの人なのよ！　きっと結婚式はたくさんの人の興味を引くわ。ありえない。私と王の娘よ？　不細工なわけじゃないのに……ああ、どうして今まで放っておいたのかしら」

あっ、自分から放っておいたって言った。しかし母の目が血走っている。これはまずい。回避しなければ、回避～！

「そんな素晴らしい人と結婚するなんて無理です。私の結婚相手はその辺の石ころでいいんで、チェンジしてください」

「でも、上の二人は相手が決まっていて、残るはシャルロットしかいないじゃない！　こうなったら、ダイエットよ。その肉の城壁をそぎ落とすのよ！」

「いや、だって……」

「フレデリックぅううう！　どうして今となって結婚を承諾するのよおおおっ！　ずっと討伐だ遠征だって、断ってきたじゃない。数年前ならマリアだってキャロルだっていたのに。どうしてこのタイミングううう！　はあ、はあ、はあ……いい？　半年後の結婚式までには、マイナス十キロ……いいえ、マイナス十五キロよ！」

「えええええっ」

「明日から先生《トレーナー》をつけてあげるから励みなさい。今からおやつは抜きです」

ドカドカと床が抜けそうな勢いでこちらに来た母は、私が食べていたお菓子の入ったトレーを取り上げてしまった。

「そ、そんなあ！」

あまりの母の横暴さに声が上がる。どうしてそんな見ず知らずの美男子のために頑張らないといけないというのか！

ありえない。

その日の夕食はお菓子を取り上げられた分、たくさんおかわりをしなければならなかった。

ハア……満腹、満腹。


次の朝、私の部屋にすらっとした筋肉質の元騎士だという女性が現れた。

「王妃からの命でこちらに派遣されました。メイサです。これは聞きしに勝る白パン具合ですね！」

にっこり笑うメイサは立っているだけでポジティブさがにじみ出ていた。ダメだ、これはわかり合えない系の人種だ。

「はあ……」

「まずは体重から重っていきましょう」

「ひいいいっ」

イヤイヤ乗せられた体重計の針は九十二キロを示していた。あれ、九十キロ超えてるの？　ヤバッ。それからメイサは私を痩せさせるためだと、身長、ウエスト、二の腕、太ももをメジャーで測り始めた。

「姫様、あの非の打ち所がない副団長と結婚するのですよ⁉　このくらいの試練は乗り越えられますよね」

「えええ……」

キランと光る白い歯……お前もそうか。それから私を親の仇《かたき》のようにしごきだしたメイサもフレデリックに憧れていたに違いなかった。

「シャルロット様！　もっと足を上げて！　はい！　ワンツー、ワンツー！」

「ハ、ハア、ハア……」

下を向くだけで汗が垂れてくる。王族御用達《ごようたし》の鍛錬場に連れていかれて、運動を余儀なくされ、食事は監視がついた。

し、死ぬ……。

「さあ、頑張るのです！　フレデリック様の妻となるために！」

だから、誰なんだよ、フレデリックって！

「もう一セットいきますよ～！　脂肪燃焼！　前向きに！　理想のボディを思い浮かべて！　はい！　ワンツー！　ワンツー！」

「ハア、ハア、ハア……」

「ほらほら、腕を上げて～！」

「ハア、ハア、ハア……」

「フレデリック様が応援してくださってますよ！」

してるわけないだろ！

ああ……。見たこともないフレデリック様よ……。

すでに私はあなたが大っ嫌いです。


毎日、毎日、フレデリックのためにと運動させられ、きつい食事制限に監視つき。

当のフレデリックはモンスターの討伐に行って不在らしい。

そんなんだったら、そっちから断ってよ、結婚！

どうか討伐先で出会った儚《はかな》く小枝のような手足の、どこぞの美しい姫と結ばれてくれ。

そんな私の願いも虚《むな》しく、婚約式の日が近づいていた。

「シャルロット、あなたにはがっかりよ」

婚約式の日の朝、ダイエットの成果を確かめるために私の部屋を訪れた母は開口一番そう言った。

十日間もしごきに耐えた娘に向かってよく言えたよね。殺意すら湧くわ。

「すみません、王妃様。メニューはきっちりこなしたのですが、結局二キロしか落ちませんでしたね……でも、体力は格段に上がりましたよ！」

どこまでも前向きなダイエット講師は私の代わりに謝って、無駄に白い歯を見せて笑った。

この鬼め……お前も覚えていろよ……。

「メイサのせいじゃないわ。あなたは国一番の優秀なトレーナーだもの。私を含む数々の貴婦人を綺麗ボディに仕上げたのを知っているわ。きっとシャルロットの脂肪が頑固すぎたのね……はあ。

シャルロット、そろそろ準備なさい。では会場で待ってるわ」

母はあからさまにがっかりしながら侍女数人を引き連れて部屋を出ていった。

「シャルロット様、諦めるのはまだ早いです。大丈夫、私がついていますからね！　次は結婚式までを目標に頑張りましょう」

「……」

諦めるもなにも、望んだことなどない。

白い歯を見せて出ていったメイサに腹を立てながらもドレスの準備に入る。

「さあさあ、ではドレスを……」

テティが気の毒そうに私にドレスを着せてくれる。

「わあ！　姫様！　ちょっとだけドレスが緩くなっています！」

「うう。褒めてくれるのはテティだけよ……」

あんなに食事制限されて毎日、毎日、飛んだり跳ねたり。体を酷使されているのに、メイサときたら、「結局二キロしか……」とか、どの口が言ってんのよ。舐《な》めてんの⁉　舐めてんでしょ！

私はね、褒めて伸びる子なの！　みんな、フレデリック、フレデリックとうるさい。……ほんとイライラする。大体さあ、討伐に行ったっていうからまだ顔も見てないし、婚約するってのに手紙一枚も寄越さない人だよ？　その時点で察するってもんよ。

ああ、糖分が足りないよう。こんな気分の時はクリームたっぷりのケーキが食べたいのに。

「さあ、姫様、お支度ができましたよ。いざ、婚約式に」

テティに促されてしぶしぶ椅子から立ち上がる。気が重いし、体も重い。

フレデリック……心の底から嫌い。こんなに会う前から嫌いな人って初めてよ。

「第三王女、シャルロット様ご入室です」

静々と部屋に入ると両親となんかその他大勢も私を見守っていた。大方フレデリックファンがその姿を見に来ているのだろう。

あーヤダヤダ、母がドレスを着た私を見てまたがっかりした顔してるよ。私、めっちゃ努力したって！　ドレスだってテティが緩くなったって言ってたもん！

恨めしげに前に進むと、その先にガタイの良い背の高い男の人が立っていた。

お前が宿敵フレデリックか！　諸悪の根源め！　ギロリと睨《にら》むと相手が少したじろいた気がした。

が、しかし。

はっ……なに、アレ……。

足がすくむ。

母が『美男子』って言ってたけど、レベチだった……。あ、あれが本当に騎士団の副団長だっていうの？　どっかの人気役者とかじゃなくて？

透き通るような白い肌はきめ細かでまるで最高級の陶磁器のよう。眩《まぶ》しい！　銀髪に碧《あお》色の切れ長の美しい瞳はばっさばっさと美しいまつ毛に縁取られ、妖艶なような、それでいて清潔さもあるような……ああ、こりゃとんでもないわ。なにを形容しても誉め言葉にしかならん！　今まで会ったことのある全世界の人類の頂点に立つような美形だわ！

嫌だあああ！

あんなのの、隣に行くなんて、嫌だあああ！　必死に母を見ると『ほら見ろ』という顔をされた。

でもさ！　たった十日で見違えるほど痩せるわけないし、そもそもあんな世に存在しているだけでも恐ろしい美男子の隣に立てる美女がいるかっての！

完全に足を止めた私を美男子フレデリックは不思議そうに見ていた。

に、逃げたい……。

怒られてもいい。

逃げたい……。こんなの、無理だってぇ！

足が震えてきた。さりげなく逃走経路を確認するようにドアにチラリと視線を向けた時、フレデリックが動いた。

「あ……！」

「よそ見をしていると危ないですよ」

履き慣れないヒールの高い靴のせいかバランスを崩した私を、フレデリックが腕一本で支えた。

こ、声まで、甘ーい！

ガシリと腰に手を回された私は、もう逃げられないと悟る。この人、さすが騎士だわ。その目だけで私の行動を制してきた。わかるもん！『逃げたら、ただじゃおかない』って、言ってるって！

殺気すら感じてブルブル震えているのに、周りからはピンクの視線を感じる。

「フレデリック様のエスコート羨ましい」と桃色の声が聞こえる。

違うよ！　近くで見たら、おっそろしいんだからさ！　ああ、誰か！　代わってください。お願いです。死にたくない。

なんとか足を前に出して父の前に立つと、父が私とフレデリックを婚約証明書にサインするように促した。なんでも常に外で戦うフレデリックが安心できるようにと署名しておくらしい。半年後の結婚式の時でいいのに、どうにかフレデリックを逃がさないようにしたいのだ。

さっさとフレデリックが名前を書いて私に渡してくる……。文字まで綺麗って反則。

ねえ、本当に私、この人と結婚しないといけないの？

涙目で見つめても、嬉《うれ》し泣きだと思っているのか、父はウンウンと「よかったな」みたいな顔をしていてなんの役にも立たない。

「シャルロット様、ここです」

署名をためらっていると羽ペンが手の中で震えた。だって、これ署名したら……。

「緊張してらっしゃるのですか？　ここです」

トントン、と何度も指で私のサインを書く場所を示すフレデリック……。

それぐらいわかるわ！

書きたくないから震えてんだよ！

なんとでもなれ、とペンを動かすが、もう、嫌なのと、緊張となんやかんやで手が震えに震えて、ミミズが這《は》ったようなサインになった。

やめて、こんな綺麗な字の隣にこのサインとか！

しかし無情にも私がサインを書き終わると同時に、父の付き人が証明書を奪い取ってしまった。

あああっ、今すぐそれを燃やして！

燃やしてくださぃぃぃいいいっ！

「ここに、フレデリック・コンスルと第三王女シャルロット様の婚約が成立したことを宣言いたします」

父の隣の大臣が証明書を確認してそんなことを高らかに言い放った。

私、終了のお知らせ……。

パチパチとお愛想程度の拍手が聞こえると、なんとも言えない空気になった。

ため息もつけず、私はただ、窓の外に視線を向けていた。

ああ、空を飛ぶ鳥たちよ……。

どこでもいい、私も飛んで逃げ去りたい……。


婚約してからはさすがにフレデリックから申し訳程度に連絡がくるようになった。が、私に会いたくないのかまた遠征に出かけていったらしい。あとから聞けば彼は先の討伐でレッドドラゴンを仕留めて凱旋《がいせん》したとのこと。その褒賞として伯爵の地位を賜り、おまけとして第三王女が授与されることになったようだ。

フレデリックの実家は男爵らしいしな……伯爵位をもらってもふつうはフレデリック一代かぎり。その優秀な（まだ見ぬ）子に爵位を継がせるために王女である私を降嫁させたなら離婚は難しい。

くそ、逃げられる気がしない。

婚約式でのフレデリックを思い出す。私の姿を見てさぞかしがっかりしたことだろう。いくら爵位のおまけでもらったって、いらないおまけじゃあね。だって式が終わって、さあ、お茶でもって母が張り切っていると、会議が始まると言ってすぐに父と消えていったもの。最近西の砂漠の大サソリが暴れだして大変らしいっていう建前だけど、そのまま私はフレデリックとは会っていない。

亭主元気で留守がいい……とは誰が言ったのか。うんうん、まだ亭主じゃないけど、あんな美男子見ていると疲れるから留守でいい。

しかし、留守でいいといっても結婚して独立するのだから、当然住む家が必要だ。ましてやフレデリックは伯爵位を賜り、新しく屋敷を建てていた。仕事で忙しいフレデリックがあれこれ指示できるわけがなく、内装の細かいことは私に任せられることになった。

いきなり、内装がどうとか、わかんないしさ。

困った私に手を貸してくださったのがなんとフレデリックの母親ブランシェ様だった。『嫁VS姑』って世間一般にドロドロした印象だけど、このブランシェ様は、素晴らしい人物だった。

「覚えているかな？　フレデリックの母のブランシェです。シャルロットちゃんの相談に乗ってくれってフレデリックに頼まれているの。よろしくね」

し、親切！　そして美しい！

フレデリックの母親なので当たり前だがブランシェ様は美しい。あんな大きな子供がいるなんて誰が想像できるだろうか。婚約式の時に挨拶をしたはずなのだけど、絶望感でいっぱいだったあの時のことなど正直覚えていなかった。そんな失礼な息子の嫁（予定）にも笑顔で接してくれて、まさに『神』である。

「不束者《ふつつかもの》ですが、よろしくお願いします」

本当は……。しゃしゃり出られても困っただろうけれど、普通は実母が先に私に手を貸すべきなんだと思う。娘が嫁ぐのだし。それに二番目の姉のキャロルが嫁いだ時はあれこれ口を出していたのを知っている。やっぱり実母は私に興味がないのだ。

そんなことを考えていると顔に出ていたのか、ブランシェ様がフォローを入れた。

「フレデリックと相談して二人で決めた方がよかったでしょう？　討伐にばかり出ていてごめんなさいね。せめてもの償いに私が手伝うと王妃様に立候補したの」

私にはわかる。母はこういうことは手伝ったりしない。もしも手を貸すなら専門家をお金で雇ってこちらに寄越してくるだろう。

じっとブランシェ様を見る。きっとこの人は私のことを最大限傷つけないよう、言葉を選んで、そして行動してくれているのだ。

とても思いやりのある人だ。

「一人では心細かったので、ブランシェ様が手伝ってくださって心強いです」

それから、数か月間、私は屋敷の内装と家具をブランシェ様と選んだり、指示したりした。

これがさあ、楽しいって、なんの！

「屋敷のことはシャルロットちゃんが仕切るのだから、好きにすればいいのよ。一人になりたい時に逃げ込む、秘密の部屋を作ってもいいしね？」

そんな提案もしてくれるブランシェ様はお茶目でもあった。これはフレデリックが留守がちでラッキーだったのかもしれない。

よし、それならば！　と厨房《ちゅうぼう》には最新の調理器具とどでかいオーブンを設置。（私の体に合わせて）バスタブも大きなものをそろえた。

秘密の部屋……も魅力的だったけれど、そもそも屋敷に寄りつかないフレデリックから逃げ込む場所なんて必要ないので、お菓子たちをしまっておくちょっとした隠しスペースだけ作った。

「壁紙はどれがいいかしら？」

「うーん……」

正直、内装なんか特に興味がない。ラブリーとか、ファンシーとか、悪趣味でなければいいのだし。それに、私一人住むのではないから……。

「フレデリック様の好みってどんな感じですか？」

「え？　フレデリック？　シャルロットちゃんの好みでいいのよ？」

「いえ、（私は特に好みもないし）一緒に住む屋敷ですから」

「住む人のことを考えて屋敷を？　……それで、厨房とバスルームにお金をかけたのね」

なにやらブランシェ様は言葉を詰まらせている。感動してもらって申し訳ないけれど、すべて私のためである。

「壁紙は落ち着いた色で、家具類は（私の体重に耐えうる）とにかく丈夫なもので……」

「ええ、ええ。そうね……。ずっと暮らすにはそれがいいもの。見た目の可愛《かわい》らしさや美しさより、丈夫なものがいいわ。ここを訪れるのもフレデリックの知り合いで体の大きい騎士団員が多いでしょうしね」

キラキラとした目でブランシェ様が私を見る。なにか、誤解されていそうだが……。そう不審に思い始めているとブランシェ様は続けた。

「フレデリックのためにダイエットを頑張っているだけじゃなく、あの子の心の拠《よ》り所《どころ》になってくれようとしているなんて……なんて素晴らしい人格者なのかしら。今までのフレデリックの見てくれとお金目当てで寄ってきた女性とは全く違う心根も優しい人だわ」

「え、えええーっ」

「フレデリックは幸せ者ね」

「そ、それはないです！　私は王女でもみそっかすの、ほら、こんなに太ってますし……。どちらかといえばハズレの部類で」

「そんなことはありません！　努力を知り、他人を思いやれる人は世の中にそんなにいないのよ。しかも親が決めた結婚相手のためだなんて……シャルロットちゃんはとってもいい子よ、ハズレだなんてとんでもない。王様はとてもいい王女様をフレデリックに与えてくださったのだわ」

にっこり笑うブランシェ様に、それはあなただと伝えたい。私の太った姿を見ても嫌な顔一つせず、ダイエットのせいでランチが野菜のドロドロジュースのみの私に合わせて、同じ食事にしてくれた。それも「私も若返るわよ～」なんて笑ってくれるのだ。

フレデリックが羨ましい。私もこんなお母様がよかった。

実母はとにかく私がなにをしたって気に入らない。意地悪されることはないので嫌われているわけではないと思いたい。けれど、昔から他の兄姉のように手を繋《つな》いでもさりげなく外されたし、腰が痛いと膝に乗せてもらったこともない。誕生日もプレゼントだけが寄越されて、とにかく顔も合わせたくないのだと幼かった私にもわかるくらいだった。

私はすぐにブランシェ様のことが大好きになった。彼女に嫌われたくなかった。だから多少、私のことをいい人間だと思い込んでいるとしても訂正したくなかった。義理でもこの人の娘になりたいと思うようになっていたのだ。

辛《つら》いダイエット中の唯一の光……。楽しいひと時。これだけが私の救いだった。

「フレデリックがどんなに素晴らしい妻をもらったのか、伝えますからね！」

私を認めてくれて、褒めてくれる。

ブランシェ様がそんなことを言ってくれるだけで幸せになれたのだ。

ところが、当の夫予定の男から届いた手紙といえば……。


――寒暖の差が激しい時期ですが、体調はいかがですか。

鍛錬は心の持ちようです。励んでください。

あなたのトレーナーから体重管理の報告を受けています。

結婚式で会うのを楽しみにしています。

フレデリック・コンスル

イライラ……。

イライラ……。

そんなに私が痩せたかどうか知りたいのか。くそう。他に書くことなんて山ほどあるだろうが！

ブランシェ様なんてなぁ、いつも私をねぎらってくれるんだぞ。

結婚相手の体重管理をしてなにが楽しいのか。朝から管理され、朝食はサラダのみ、昼食はなんかドロドロした野菜ジュース、夜は肉がちょっと。毎日これだけって、ストレス半端ないって。私は食べることが最高の楽しみなのよ？

くそう……誰がこの男の思い通りになるものか。

えーえー、当日驚かせてあげますよ。

ひとっつも痩せてないってね！

そうして私の復讐《ふくしゅう》は着々と進んでいったのである。


「おかしいですねぇ。ちゃんとメニューはこなしていますのに」

私のダイエットトレーナーのメイサの眉間に皺《しわ》が寄る。

結婚式までになかなか痩せない私を見て嘆くがいい。いつもいつもニコニコ、ニコニコ、白い歯出して私にきついトレーニングを強要して！

フレデリックも、メイサも、お母様も……。

絶対に後悔させてやるんだから！

そうして私はメイサが肩を落として部屋を出ていくのを確認すると、クローゼットの奥の隠し引き出しから秘蔵のお菓子を出して貪り食べた。

バリボリ、バリボリ……。

「ひ、姫様……。あんまり食べると」

「いいのよ、テティ。痩せてやるもんですか。どいつもこいつも痩せたら綺麗になるなんて幻想よ。特にお母様は鏡でも見ればいいわ。少々見てくれが良くなったって、フレデリックの美貌に敵《かな》う人がいるものですか」

「……でも、それでも」

「結婚はするわよ、仕方ないもの。……子供も努力はする。でも、だからって、こんな強制的にダイエットさせられるのはひどすぎる。食べることは私の唯一の楽しみなのよ？　今まで関心がなかったのに、なによ突然」

「確かに……最近ストレスで姫様のお顔の色がすぐれません」

「さっさと結婚して、子供を産んだらどこかに隠居するわ。それしかない。フレデリックだって、こんなブタには用はないはずよ」

「ひ、姫様、ブタだなんて！　卑下してはなりません」

「もう、こんな生活耐えられないわ」

お菓子を食べる私をテティがしょんぼりとした顔で見ていた。テティを悲しませるつもりはないのよ……。

そうして私はなんとか半年を乗りきり、トータル三キロ痩せて、フレデリックとの結婚式に臨んだ。


はーっははははあっ！

三キロごときで私の見てくれは変わらない！

現在八十九キロ。

驚いたか！

全然変わってなくて！

そうして結婚式当日。白いドレスに身を包んだ私を見て、フレデリックは驚き、母は頭を抱えていた。いい気味だ！

「モンスターの討伐にばかり行って、半年あなたを放置してしまった私をお許しください」

私の手を取ったフレデリックはそう言った。

うんうん。ほっといたせいで太ったままさ。

「いえいえ、あなたは立派に責務を果たしてこられたのですから」

にっこり笑って返すと彼は私をじっと見てから黙った。

大変な思いをして帰ってきたというのに、もっといい結婚《褒賞》はなかったのかしらね。まあ、あからさまに落胆した顔をしなかったのだけは褒めてあげるわ。

姉二人がハンカチをくわえて私を悔しそうに見ていた。いつだって代わってあげるのに。

そうして神々しいまでに美しい旦那様を隣に、私は教会の床をドシドシと踏みしめたのだった。

ザマアミロ！

フレデリックの美しい姿に誰もが感動した式も終わり、その後は披露パーティーとなった。

しかし、騎士団の副団長のフレデリックとは違い、学園を卒業したばかりの私は大して知り合いもいない。引っ張りだこの彼は騎士団員に連れていかれ、私は二人で座る予定の席に、ぽつんと残されて座っていた。いや、「ご一緒に」とか誘われてもついていかないし。

はあ。もう帰って休みたい。

そう思っていると、向こうからキョロキョロおどおどしながら友達のミラとリリーがやってきてくれた。彼女たちとは学園を卒業してからも趣味が合う居心地のいい関係だ。学生時代から地味なグループだったが、美味しいものが好きで一緒に食べに行ったり、本の感想を言い合ったりと趣味も合う楽しい仲間である。

「シャルちゃん、ご結婚おめでとう。ドレスがとっても似合っていて素敵だよ。旦那様とお幸せにね。でも、私たち場違い感半端なくて……」

地味グループの私たちには華やかすぎるこの会場。尻込みするのも無理はない。私が逆の立場でも逃げ帰ってしまいたいだろう。

「ごめんね。わざわざ来てくれたのに、お兄様たちが知り合いをたくさん呼んでしまって、大迷惑だわ。でも、お料理は最高級品を用意したから、いっぱい食べて帰ってね」

そうなのだ。私の結婚式だっていうのに、兄姉は自分の知り合いをめいっぱい呼んでいるのだ。きっとフレデリックのファンたちに違いない。

お陰で私は政略結婚した彼の妻の品定めをする男たちと、隙を見て愛人になりたい女たちの好奇の目にさらされている。どちらにせよ、フレデリックによく見られたいのには変わりなく、派手に着飾った彼らを見てため息しか出ない。私のことを見て、ひそひそと楽しそうに笑っているのだ。

「伯爵位は欲しいけど、妻があれじゃあな」と私が美人でないことにホクホクする男の声とか「私、愛人に立候補しようかな」とかこんな場所で堂々と言っている頭のおかしい女の声が聞こえていた。

総じてみんなの意見は『第三王女、上手《うま》いことやったな、コンスル副団長と結婚できるなんて』だ。特に私がなにかしたわけではないが、そういうことなのらしい。めんどくせ。

「……シャルちゃんはここに座っていないといけないの？」

「私たちと一緒にお料理食べに行こうよ」

二人が勇気を出して誘ってくれたけど、私は母に『食べるなよ』と脅されていた。結婚式までに太ったままでいるという計画は成功したが、そのせいで今日の料理に手がつけられないことになってしまったのだ。

復讐とは諸刃《もろは》の剣である……グフゥ……。

二人に『ダイエットを失敗して母に食べるのを禁止させられた』と簡単に経緯を説明すると、

「シャルちゃん、そんなに頑張ってたのに、こんな日にまでダメってひどいよ……」

と一緒に怒ってくれた。

そして……。

もぐもぐ……ごくん……。

もぐもぐ……ごくん……。

はあ～、うまっ、うまあああっ。

「今なら誰も見てないよ。私たちが壁になって隠している間に、食べて、シャルちゃん」

友人二人は私にこっそりとビュッフェの食べ物を運んでくれた。さらに私が食べている間、隠してくれた。もう、なんて天使たち！　そして、最高級の食べ物たち最高！

ドレスのボタンがはち切れそうなほど食べた私は大満足だった。

「じゃあ、私たちは帰るね。またね」

パーティーは入れ替わり立ち替わり人が動いており、二人は二時間ほど付き合ってくれてから帰った。その間、フレデリックが席に戻ってくる気配もなく、母に私は先に退出していいかと聞きに行った。

「フレデリックはあちこちで捕まっているから……仕方ないわね」

そう言いながら母は父とアイコンタクトを取った。父も頷《うなず》いたのでさっさとパーティー会場を後にすることにした。建てたばかりの伯爵邸が今日から私の住まいである。どっかの誰かさんは討伐ばっかで留守だったたから、私がブランシェ様と快適に住めるようにしたんだからね。これからそこに住めるのだけは楽しみよ。

「では」

そう言って立ち去ろうとすると、母がドレスの袖を引いた。

「あの、夫婦になったのだから……いろいろと、その、フレデリックにお任せするのよ？」

「はあ」

私の全身を見て残念そうに母が言った。

私はさっとフレデリックを目で探した。私のできたてホヤホヤの夫は王太子《兄》と連れ立って、どこかの偉い人とワインを片手に談笑していた。

あれならすぐに帰ってくるまい。

そうして従者に声をかけ、馬車を用意してもらうと新居へ向かった。出迎えてくれた使用人はテティを除けば新顔ばかりだった。腑《ふ》に落ちないがこの人選は実母がした。

「姫……いえ、奥様、お帰りなさいませ」

テティがそう言って世話を焼いてくれる。やはり緊張していたのかその顔を見てホッと息をついた。安心感半端ない。

「テティ、疲れたよぉ」

「お疲れ様です。では湯を浴びてお休みください」

浴槽に私の好きなハーブの香りが広がっていた。テティ大好き。

バスルームから出た私にテティがネグリジェを着せる。なんかふんだんにリボンがついていてピラピラしている。

「ちょっと、これはやりすぎじゃない？」

「そんなことはございません。奥様の魅力を十分に……」

テティの日が私のお腹《なか》で止まる。散々食べた私のお腹はぽんぽこりんだった。

「てへへ。食べちゃった」

「……本日は最高級のお料理でしたでしょう？　……よろしゅうございました」

てっきり怒られるかと思ったけれど、テティは泣きそうな顔で微笑《ほほえ》んだ。私がご馳走《ちそう》を食べられたことの方が嬉しいようだ。

「お友達がこっそり運んでくれたの」

「特別な日ですからね。でも、食べすぎは禁物ですよ」

「うん」

テティは私のことを第一に考えてくれている。私だってこんなふうに心配されたら素直にダイエットも頑張れるのに。

「……旦那様はまだお帰りになりませんね」

「来なけりゃ、それでいいけどね」

「では、いつでもお呼びください」

そう言ってテティは部屋を出ていった。本当はあと二人ほど私付きの侍女が増えたんだけど、今日だけはとテティ一人にしてもらった。

「やっぱ、するのかなぁ……」

ネグリジェの上から着たガウンの紐《ひも》をぎゅっと縛っておく。いくらなんでも夫婦の寝室だから、フレデリックは来るだろう。でも、今日初夜になるかはわからない。

新しく建てられた伯爵家はピカピカで木の匂いがする。

寝室の内装は紺を基調として、ブランシェ様のアドバイスでアクセントに金色をラインで入れた。それがなんともいい具合にシックで高級感がある。ベッドは大きいものにして、カバーも枕も紺色で縁を金色の刺繍《ししゅう》の入ったものにそろえた。ほんとブランシェ様ってセンス、いいわぁ。

それに……ブランシェ様は「心根の優しい王女様を娶《めと》るなんてフレデリックは果報者ね」と言ってくれた。いつも心の中であらゆる文句を言っているので、後ろめたい気持ちがないわけでもないけれど……褒め知らずで嫌みしか言わない私の母に爪の垢《あか》を煎《せん》じて飲ませたいくらいだ。

ギシッ……。

丈夫で大きなベッドの上をゴロゴロと寝転がってみる。うん、いい寝心地。

「これ、帰ってくるのか？」

そもそも乗り気でない初夜の寝室にフレデリックは現れるのだろうか。

なんか気合の入ったネグリジェを着せられた妻が待つ寝室ってちょっと怖くないか？

結婚したから、当然子作りは必須。これも王族に生まれた義務。

自覚はあるから、逃げるのは諦めている。きっとフレデリックのあの優秀で素晴らしい血統は受け継いでいかなければならないのだろう。

時計を見ると十一時はとうに回っていた。

遅い……。

引っ張りだこだったフレデリックは押しかけてくるみんなにお酒を飲まされていた。仕事もできて、美男子で、ドラゴン退治もできる、完璧な男は実はお酒が弱い……とか？

そうしたら、どこかで倒れているかもしれないし、少なくとも今日はしないだろう。

うん。

きっと今日はしない。

そう安心してシーツに潜ろうとした矢先、期待を裏切りフレデリックは現れた。

——ぐでんぐでんに酔っぱらって。

「おお、これは私の花嫁殿」

入ってきたフレデリックは酒臭かった。おいこら、酔っ払いは出ていけ。

顔をしかめる私にフレデリックはドカリとソファに座って語りだした。

「私は幼少の頃から剣を磨き、努力してきました」

「はい」

「白鷺の騎士団に入る目標のため、毎日……毎日……血のにじむ思いをして」

「はあ」

「私には、理解できません。あなたが、どうしてそこまで太っているのか」

「ええと」

「明らかに平均的体重を超えてらっしゃる。心臓はあなたの体を動かすことにとても負担をかけられているでしょう。それなのに、あなたはそれを改めようとしない」

「……」

なんだこれ。私、初夜に寝室に入ってきた夫に説教されている……。

「膝や足首にも負担がかかるし、太っていてよいことなどないはずです。討伐でも自己管理のできない人は他人の足を引っ張って命取りになります」

反論しようかと思ったが、フレデリックの言うことは正しかった。自分でもそれはわかっているけれど、なぜか太ってしまうのだ。私は太る心配よりも食べる幸せにはるかに重きを置いていて、それは変えられそうにない。

「いいですか、あなたはまだ若い。あなたの夫として私が管理しましょう。自己管理ができない人間に屋敷を守っていけるとは思えません。今のあなたではたとえ王族でも屋敷の者は女主人として認めないでしょう」

ビシッと言われて、さすがに凹《へこ》んだ。

確かに、そうかもしれない。今までは太っていることを指摘されても受け流せばよかったが、妻となれば夫の立場もあるだろう。これからフレデリックの妻として屋敷を守っていくなら、それらを求められてもおかしくない。

「それでは、ダイエットは明日からということで、さあ、では始めましょうか」

「え、始める？？」

おもむろに脱ぎだしたフレデリックに呆然《ぼうぜん》とした。今説教していたばっかりで、そんなに急に切り替えて子作りできるのか。感心すらするわ。……ちょっと待て、自分だけ言いたいこと言ってずるいじゃないか。

「あの、フレデリック様。結婚したのですし、もちろんその、そういう行為は容認しています。けれど、できるだけ最低限の回数でお願いしたいのです」

「最低限……ですか？」

「はい。ちなみに子供は何人ご希望ですか？」

「できれば三人でしょうか。剣技を継がせたいので男の子が欲しいと思っています」

「私が妻だと婚外子はどうなりますか？」

「私はそんな誠意のない人間ではありません。妻を持ったからには他で子を作るようなことはしません」

「え、いや、私たちは政略結婚なのですから、その辺は気にしておりません」

「申し訳ありませんが、あなたには貞淑な妻であってもらいたい」

「わ、私だって、浮気するような真似《まね》はしません！　でも、あなたははっきり言って美男子ですし、結婚しようとも引く手あまたではないかと」

「……どうして、そんなことを？　まさか、あなた」

「え？」

「結婚前にあなたが城を抜け出して、何度も街に行ったと報告を受けています」

ま、まさか、秘密裏にパン屋やお菓子屋をめぐって、こそこそ痩せないために食べていたことが

バレてる⁉

「そ、それは……私に見張りをつけていたということですか？」

「八つも年下の姫をもらうのです。あなたの行動は把握していないといけないでしょう。私の留守の間の行動は報告してもらっていました。ルルーというパン屋に何度も足を運んでいますね」

「ひいいいっ」

どうして痩せていないかバレたも同然じゃないか。

「そこのパン屋の息子はあなたと同じ十八歳だそうですね」

「あれ？」

パン屋の息子？　なんの話？？

急に険しい顔になったフレデリックが私に迫ってきた。

「確認しましょうか」

「へ」

「あなたが処女なのか」

「え、ええーっ」

どうしてこうなった……。

そして私はなにやらフレデリックに疑われながらベッドの上に座らされたのだった。

「あなたが潔白であるか、証明してみせなさい」

「え」

「下穿きを取って足を開くのです」

「なっ……」

有無を言わせないするどい眼光におののき、ゆっくりと下穿きを脱いだ。もともとネグリジェとパンツしか穿かせてもらっていない。ちなみに今日は白いパンツの白パンである。

ベッドの上に座った私の前に来たフレデリックは私の行動を教官のように眺めていた。

「さあ、早く……もしかして、後ろめたいとか？」

「そ、そんなことはありませんっ」

さすがにこんなの恥ずかしい。しかし疑われたくないと足をそろそろと開くと、ずずい、と足の間にフレデリックが割り入ってきた。

なにすんのよ。そんなに処女を確認したいっての？

「夫婦ですから恥ずかしがる必要はありません」

そうは言ってもなんたる屈辱……。

「こ、これでわかるのですか？」

「あなたはこんな場所まで白いのですね。それに毛が薄い……」

「か、感想は結構です！　お調べになるなら早くしてください！」

「……恥じらいなく、すぐに足を開くのも怪しい」

「なっ」

なに言ってんの？　バカなの？　自分が開けって言ったくせに、ほんと、もう、無理！

なんでこんなことしなきゃなんないのよ！　ムッとして足を閉じてやろうかと思ったが、太ももでフレデリックの顔を挟むことになるのが嫌でできなかった。

フニ、とフレデリックの指が私の秘所を押した。そして両手で左右に広げると興味深そうに眺めている。

「ひ、広げないでっ」

「広げないと中が見えませんから……ここはピンクなんですね。こんなに綺麗なものなのか……」

なにを言っているのかわからないが、心なしかフレデリックの息が荒いような気がする。だって、当たる息が生温かくて……。

「も、もう、いいでしょう？　確認できましたか？」

世の花嫁はみんな初夜にこんな屈辱を受けているのか……泣きたい。

「いや……これではわかりませんから。指を入れていいですか？」

「へえあっ⁉」

言うや否やフレデリックがベロリと自分の指を舐めて唾液で濡《ぬ》らしてから、私の中に入れてきた。

「ひうううっ」

「確かに狭いですね……」

「や、やああんっ」

ツプン、とフレデリックの指が体の中に入ってくる。

嘘《うそ》！　ありえない！

「すごい締めつけだ……温かい」

「ヤダ、入れないで、入れないでよぉ……」

しかも、ハアハア言ってるの、なんでよ！

「これは……処女で間違いなさそうですね」

「当たり前でしょ！　ね、もう、お腹が苦しいの。フレデリック様の指は太いから……やっ」

私が懇願すると指が中でクン、と動かされた。

「でも、もっと太いものを入れるんですよ」

「え」

「子作りするんですよね」

「そ、そうですけど……んっ」

フレデリックの指が私の中から出ていく。もう、終わりだよね？　ハアハアと体をよじりながら見上げるとフレデリックはじっとこちらを見ている。胸元に強い視線を感じる気がするが、まさか、ね？

私の体なんて興味ないよね？　そう思いながら胸元を手で押さえると真顔になったフレデリックが反対の私の手を取った。もう半泣きで、勘弁してくれって思っているのに彼は自分の股間へとその手を押しつけた。ええと……。

「フレデリック様のズボンになにか入ってますよ」

私がそう指摘するとハッとした彼は片手で顔を覆って真っ赤になった。

「まさか……ははは」

彼は大笑いしてボフン、と私の隣に寝転んだ。

「すみません、今日は飲みすぎました。あなたもお疲れでしょう」

「……はい」

なにかに納得したフレデリックは横たわるとすぐに寝息を立てた。これは私が処女だと証明できたのだろう。人騒がせな……。でも身構えていたので、ホッとした。

さすがに飲みすぎたのだろう。誰がこんなに飲ませたかは知らないけど、よくやった！

これは……初夜、回避？？　処女確認は……ぐすん。とりあえずパンツ穿こう……。

「くすん……」

美しい顔は目をつぶっていてもお美しい。その顔をムカついて見ていることもできず、私はソファに移動して寝ることにした。

フレデリックの説教を思い出す。『自己管理ができない』という烙印《らくいん》を押された。否定しようにもその通りすぎてなにも言えない。

なんてこった。

結婚しても体重管理させられるとか冗談じゃない……。

その夜私は涙で枕を濡らしたが、それは決して愛《いと》しの夫との初夜を期待したのに、夫が泥酔してできなかったという話ではなかった。

子作りはしないに限る。

体重管理もしないに限る。

悔しさを呑《の》み込んで眠った夜だった。


「もう無理です……」

ハアハアと息を切らしながらフレデリックに言うが、彼は黙って私を見ているだけだった。

「まだまだ頑張ってください」

ようやく彼が口にした言葉はそんなものだ。こちらは息が苦しくて堪《たま》らないというのにフレデリックは涼しい顔をして、汗もかいていないようだった。

「うう……ハア、ハア……」

明け方揺り起こされた私がソファからドシンと落ちると、それを避《よ》けたフレデリックと目が合った。そうして、すぐにジョギングに行くと言われて着替えさせられた。どこで用意したのか特大サイズの騎士の服……嫌みに思えて仕方ない。

昨日結婚したばかりで屋敷の広場を走らされるなんて……。知らない間になんでこんな運動場作ってんのよ、ちくしょう！　あんなにぐでんぐでんだったのに、二日酔いとかないのかよ。

ハア、ハア、ハア……。

「とにかく足を前に出す努力をしてください」

「ううう」

揺れる贅肉《ぜいにく》。重い足。ほんと、もう勘弁して……。昨日だって処女だかどうだか疑われて、ひどい目に遭ったんだから。子作りしないで済んだのは助かったけどさ。

「はあ。思ったより大変ですね。こんな距離も走れないなんて」

「ハア、ハア、ハア……」

その言葉に「なんだと、ごらあっ」くらいは言ってやりたいものの、息が苦しすぎてなにも言えなかった。会うたびに嫌いになる。夫フレデリック！

「もうこんな時間か……仕方ないですね。あなたは屋敷にお戻りください。朝食が済んだ頃にはメイサが来るので指示に従うといいでしょう」

はあっ!? なんでまだメイサ？？

私の顔でなにか悟ったのかフレデリックは話を続けた。

「あなたが体重を減らすまでメイサが責任を持って続けるそうですよ。ご実家から連れてきたトレーナーでしょう？ 忠誠心が強くてよかったですね」

ぜ、全然よくない……。

そう言い捨てるとフレデリックはまだ足りないとランニングに出かけた。そうしてそのまま汗を流してから城へと出勤していった。

フレデリックを見送ってから私は食堂に向かう。この際ダイエット食でも楽しみにしないとやっていられない。しかし……。

「朝食ってこれですか？」

バカにしてんのかー！ とテーブルをひっくり返したいところだが、そうしたところでトマトが一個転がるだけだ。

そう、トマト。

一個……。

新婚早々一人で食卓に残されても、たった一個のトマトを食べるだけならぜんっぜん寂しくない。むしろ三口で食べられるような楽しむ要素もない朝食に付き合わないでくれることに感謝すらするね。

内緒でなにか他のものも出してくれと頼んでも、侍女たちにもう話が通っているのか、一同だんまりだ。空腹には勝てず仕方がないのでトマトを手に取った。

「ねえ、塩くらいはかけていいのよね？」

私がそう言うと高級そうな岩塩を目の前でガリガリと削られてトマトにかけられた。

――まあ！　これは最高級のお塩じゃない！　素敵！

なんて思うわけもなく、ナイフを入れるのも断り、素手で齧《かじ》りついてやった。ギョッとする使用人たちに見せつけてトマトを野獣のように貪り食べてやる。

こんな目に遭わせてただで済むと思うなよ。私の闘志が燃えてくる。

フレデリックやメイサに負けてたまるものか。

絶対に、ぜえったいに、

痩せてなんか、やるものか！

心に誓った私は罪のないトマトを口の中で噛《か》みつぶした。

「問題はどうやってこの体形を維持するかよね」

「奥様、頑張る方向が違っています。ここは旦那様やメイサ様の指示に従い、お痩せになってみてはどうですか？　美女になるやもしれませんよ？　奥様はとっても愛らしいのですから」

「美女⁉　どんな美女だろうがとんでもなく美形のフレデリックの隣に立てるわけないわよ。それに、本当にあの人が嫌いなの。妻になっちゃったのは仕方ないけど、嫌いなものは嫌いなのよ！」

「はあ……」

「テティ、食べ物を調達してきて！　うんと脂っぽいものから吐き気がしそうな甘いものまでよ！どんなことをしてでも痩せないんだから！」

「ここは城ではありませんよ。私だって慣れない場所で、まだつてもない状態です。この屋敷は旦那様とご結婚されて与えられた真新しい屋敷ですからね。使用人も王妃様がそろえた新しい者ばかりで融通も利きません」

「……テティも苦労していたのね。ごめんなさい。私がついてきてほしいってわがままを言ったばかりに」

テティの話を聞いてシュンとする。自分のことばっかり考えていたことに反省。

「いいのですよ、私は奥様が大好きですから、断られたってついていく気でした」

「テティ！　大好きよ！」

「私もです、奥様。ですからこの機会にダイエットを……」

「それは絶対に嫌」

黙り込むテティには悪いけど、それだけはできない。やっぱり目にもの見せてやらないと。

そうして待ちに待った昼食はなんかドロドロした緑の野菜ジュースだった。

「シャルロット様！　今度こそ成功させましょうね！」

無駄に前向きな声がして見るとメイサがニコニコと現れた。今日もポジティブオーラがすごい。

はあ。もうヤダ。

そうしてまたワンツーワンツーと強制的に運動させられて、へとへとになる。

夕飯は鶏肉《とりにく》のささ身に塩をかけたものしかもらえなかった。犬でももうちょっとマシだよ。あー……もうお腹が空《す》いてイライラする。

その日は仕事があるとか言ってフレデリックは帰ってこず……大の字になってベッドで眠った。

ずっと帰ってこなくたっていいのに！

もちろんメイサとフレデリックはめいっぱい呪っておいた。簞笥《チェスト》の角で小指でもぶつけたらいいのよ！


次の日、フレデリックが屋敷に帰ってきて、心の中で舌打ちをしたものだが、いいこともあった。

「あなたに話しておきたいことがあります」

夜、寝室で二人きりになり、いよいよかと観念しているとフレデリックはベッドに座り、手招きした。私はしぶしぶ間を開けて座った。

「あなたと私は夫婦になりました」

「はい」

「けれど、あなたはまだ若いし子作りは急ぐ必要はない」

「そうなんですか？」

「医者と話をする機会があったのですが、その肥満……ええと体に負担がかかる体形での妊娠出産はリスクが大きいそうです。その、月のものもちゃんと定期的にきていないと聞きました」

「……」

痛いところをつかれる。私の生理の周期はまちまちで、ちゃんと毎月きていない。三か月に一回の時もある。体に異常はないと言われているが健康診断では毎回「もう少し痩せてください」と言われ続けていた。

「まずはちゃんと痩せましょう。それまでは子作りはしないでいましょう」

「はい！」

元気な返事をするとフレデリックはちょっと困惑していたものの、「では、おやすみなさい」と言ってベッドでさっさと寝てしまった。

「ちょっと、待ってください」

そんなフレデリックの肩を私はバシバシと叩《たた》いた。

「どうかしたのですか？」

「私、今までベッドに一人で眠っていたので、隣に人がいると眠れないのです」

「……そうですか」

メンドクサイ、と表情に出ていたが、紳士なフレデリックはガバリとベッドから起き上がり、使用人を呼んで簡易ベッドを部屋に入れてくれた。

「では、私はこちらで寝ますから」

「ありがとうございます」

フレデリックと結婚してから初めて心の底からお礼を言った。

一人でフカフカの広いベッド。

その日の夢見は最高だった。


「どうやらアイツ、私が標準体型になるまで子作りしないらしいのよ。フフ、フフフフフ」

次の朝、いつものように朝の運動を終えて、出勤していくフレデリックを見送り、テティに早速報告した。もう笑いが止まらない。

「でも、奥様、お子様を産まなければみんな納得しませんよ。初めの計画通りにちゃっちゃとお子様を作ってからお好きなことをした方がいいのでは？」

「……テティ。私はとにかくフレデリックが嫌なのよ」

「逃げていてもなにも解決にはなりません」

「どこかで女でも作ればいいのに……」

「ええっ」

「そうよ！　そうだわ！　他にきっと女がいるはずよ！　いかに誠実ぶったって、副団長であの顔よ？　言い寄ってくる女性はどんな手を使っても落としにかかったはずだもの。婚外子だってごまんといるはずだわ！　その中からちょうどよさそうなフレデリック似の子供をもらってくればいい。今なら母親だって、この屋敷のどっかに囲ってあげちゃうんだから」

「……あの、奥様。王室と縁続きになるのですから、徹底的に身辺調査は済ませていると思います」

「そ、そうなの⁉　で、結果は？　恋人、愛人、いっぱいいたの？」

「そうワクワクした目で見られても……フレデリック様はとってもクリーンだと聞いております。過去何人かはお付き合いされていますけどね。それこそ王妃様がウハウハでお調べになったのですから、隅から隅まで把握されているに違いありません」

「はあ……じゃあ、今は愛人もいないの？」

「そうですね」

「フレデリックはあちこちに恋人はいないの？」

「だから、聞き方を変えてもいません」

「神様からあの美貌を授かってるのに？　なんてもったいない！　美貌の無駄遣いよ！」

「なんですか無駄遣いって」

「私が絶世の美女なら、そこら辺の美男子を総なめで恋人にするのに！」

「はあ、申し訳ありませんが、奥様にはそんな度胸などございません」

「……うう」

「大体、子作りが怖くて避けていらっしゃるくせに、なにが総なめですか……」

「バ……バレてる」

「諦めてください。酷なことを申しているかもしれませんが、これは奥様の義務なのです。そして、フレデリック様は誠実で美男子で、奥様の体調のことを危惧していらっしゃいます。確かにその体形で子を宿せば、母子ともに危険な場合もございましょう。お医者様が言うには赤ちゃんが通る道が狭くなって大変になるそうですよ。出産とは命がけなのですから」

「う」

正論を言われてなにも返せなかった。フレデリックに跡取りが必要なのはわかっている。もしも子ができなければどこかから養子をとる方法もあるだろうが、試しもせずにそうしたとなれば母はもとより父になんと言われるか。

あの優秀な男の血筋は残さなければならないだろう。

フレデリックの子供を妊娠か……マジ、ありえない。

けれど、王女として生まれた以上、これは避けては通れない道なのかもしれない。

「奥様」

「わかってる。わかってるわよ……」

いくら今小手先で抵抗しても、なんにもならない。逃げていても仕方ないのだ。

「はい！　ワンツー、ワンツー！」

「……ワンツー……ハア、ハア」

今日もメイサの無駄に明るい声が響く。

イライラして仕方がないが、テティの意見も聞いて、大人しくダイエットをすることにしよう。

それ以来、私は観念して運動をすることにした。朝はフレデリックにしごかれ、朝食後は無駄に明るいメイサにイライラしながらも、本腰を入れて四日後……。

「いったああああああっ」

私の体は悲鳴を上げてしまった。


「これは、少し無理をしすぎてしまいましたね」

「う、うわああああああん、シャルロット様ああああああっ、私が、私が無理させたばかりにぃいいいっ、フレデリック様のためにとあんなに頑張っていらしたのにぃいいっ」

私にすがりついて泣いているのはメイサだった。おいこら、鼻水をシーツで拭くんじゃない。

痛さに気を失ってしまったのか、気がつけば私はベッドの上にいた。私を囲んでいるのはフレデリックとメイサ、テティ、そして城から来た主治医だ。私はメイサのしごきの途中でお尻から裏太ももあたりに激痛が走って蹲《うずくま》ってしまったのだ。

くそう、やる気を見せたらこれだよ。だからダイエットなんてするもんじゃないって。もうすべてのやる気がどこかに消え失《う》せたよね。

フレデリック、今こそ言うんだ。「離婚だ！　この軟弱者」「この体重管理もできないブタめ、離婚だ！」ってな！　いたたたた……。

しかし、部屋の空気はただただ、重いだけで、うつぶせで寝転ぶ私をみんなが見つめている状態だった。

「しばらくは絶対安静です。食事療法で体重を減らし、痛みがなくなったら少しずつ体を慣らしていきましょう。……ウォーキングから始めたらいいのではないでしょうか」

「わかりました」

主治医に答えたのは今まで聞いたことのないくらい、しょげたフレデリックの声だった。まあ、そんな声も無駄にいい声で腹立たしいけどね。

そうして主治医とメイサが部屋を出ていった。

「テティ、めっちゃゆっくり仰向《あおむ》けになりたいから手伝って。そ〜っとね」

声をかけるとぬっと出てきたのはフレデリックの腕だった。

「あ……あの……」

「少しずつ動かすから、痛かったら声を上げて」

「……」

彼はとても慎重に私を仰向けにした。テティには無理なことだったろうから助かりはしたけど、私のことを呆《あき》れているんじゃないの？

「ごめんね……シャルロットがやる気を出してくれたって、浮かれて無理をさせた。君の主治医が言ってたよ、あなたは太りやすい体質だったんだね。それなのに自分と同じように考えて、思うように体重が減らないからと無理をさせてしまった」

主治医に怒られたのかな……私の頭を撫《な》でるフレデリックはタメ口で、今まで見たことのないような罪悪感溢《あふ》れる蒼白《そうはく》な顔をしていた。確かにメイサもフレデリックもちょっと根性論入っているところがあったけど、なかなか痩せなかったのは私が抵抗していたせいでもある。

「……もともと太っていた私が体に負担をかけていたのですから」

「メイサからも、あなたは毎日さぼりもせずにタオルを絞るくらいの汗を出しながら頑張っていたって聞いた……」

おいおい、太ってるから汗が尋常じゃなく出るんだよ。一応私だって乙女なんだから、それはちょっと言わないでほしかったよ。

しかしフレデリックはさらに私の頭を撫でてきた。哀愁漂う美男子かよ。まるで私の方が悪いことをした気になる。

「あとで退屈しないようにいろいろ届けさせるよ」

「はい」

まさか、なにか美味しいものとか？　そう期待した私だが、もちろんそんなわけはなく……経済書とダイエット食事療法の本、ドレスカタログが届けられた。

がっかり。せめて、食べ物の歴史とかにしてくれよ。想像して空気食べて頑張るからさぁ……。

もう、なにもかもやる気のなくなった私はそれから絶対安静の生活を余儀なくされた。

「さあ、トイレに行こうね、シャルロット」

そうしてなぜかフレデリックに介護される毎日になった。私の巨体をテティがどうにかできるわけもないので助かるっちゃ助かるけど、本音を言うとトイレの介助は生きてて二度と会わない人にやってほしかった。

美形にトイレ見張られて排泄《はいせつ》するなんて、どうよ⁉

嫌に決まってんだろ！

てか、敬語どうした。いつからそんなに馴《な》れ馴れしくなった？

「トイレの前で待たないでください！　音が聞こえているかと思ったら恥ずかしくて死にそうです！」

「でも、シャルロットになにかあってはいけない」

しかもなんでこんなに頑固かな！

「ほんと、もう、お願いですから……」

「わかった。じゃあ少しだけ離れたところで歌を歌ってあげるから」

は、はあああ？？

信じられないことに私を便座に座らせてドアを閉めるとフレデリックが歌を歌うことになった。

もうさ、いい声してんのはわかったけどさ、やめてよ！　なんの恨みがあるのさ！　これが下手だったらまだしも、上手いもんだから聞きに来る侍女たちが出てきたってての！

トイレに行くだけで、どうしてこうも辱めに遭わないといけないわけ⁉

きっとみんな「あら、また奥様ったらおトイレ？」「今回は長いわね」とか言ってんのよ⁉　恥ずかしさと緊張で出るものも出なくなるじゃない。
しかし、そんなことだけ気の利くフレデリックは三時間おきに私をトイレに連れていった。
どうやら私が立てるようになるまでは騎士団もお休みするらしい。なんて言って休んでんのよ、もう死にたい。今日も無駄にいい声の歌が屋敷に響く。
——聞こえるか我が友よ
大地にその血がにじんだ日にも
手を取り合った
ああ、手を取り合って栄光を
その旗に誇りを持って
……そんで、なぜその選曲よ。
今日も私はオルノア王国の国歌を聞きながら便座に座り、恥ずかしさに両手で顔を覆うのであった。

そして地獄の絶対安静の一週間が過ぎ、私は自力でトイレに行けるようにまで回復した。

いやマジで、切に願ったね。

あの辱めにより食欲も減退し、野菜のドロドロジュースで三食過ごし、図らずも体重が減っているのを実感していた。

「お、奥様！」

「う、うん……」

久しぶりに乗る体重計の針は八十二キロを指していた。ケガをしてから五キロも減っていたのだ。これで、嫁いでから通算七キロも落ちたことになる。結婚が決まった時からすると十キロも違うのだ。我ながらすごい。だからといってまだ標準体型からはほど遠いけど。

「今日からは俺と散歩しよう」

それからさらに一週間後、フレデリックはリハビリも兼ねて私を庭の散歩に誘った。無駄にキラキラしたお誘いだが、足のリーチが違うので、正直一人で歩きたい。

「フレデリック様はランニングしてください。私は歩きますから」

「う、うん。じゃあ、シャルロットは歩いてて。なにかあったら声を上げるんだよ」

……だから、なんでタメ口なんだよ。

そうして私がのろのろ歩く外側をビュンビュンとフレデリックが走るという奇妙な日課が生まれた。気を遣わなくていいけど、なんか嫌だ。

それでもあのハードな日々を思い出せば、しっとりとかく汗はいい感じに気持ちよかった。

うん。

このくらいなら健康にもいいかもしれない。

そうしてのんびりと食事療法を続け、三か月後にはさらに体重を落とすことができた。不思議なことに不順だった生理がきちんとくるようになって、体も軽い。やっぱりいろいろなところに負担がかかっていたのだと少し反省した。

「あら……十八キロも痩せたって言うから来たのに……」

そうしてどこから聞きつけたのか母が私のダイエットの成果を見に来た。しかし彼女はどんなドリームを見ていたのか私の姿を見てがっかりしていた。こんなに痩せたのに失礼な。

「お義母《かあ》様。彼女の努力は並々ならぬものです。褒めてあげてはくれませんか」

そこで、急にフレデリックの擁護が入った。まさかやん！　思わず訛《なま》るくらい驚いた。

「あ……え……そ、そうね。よく頑張ったわ。よく見たらひと回り小さくなったわ」

生まれてこの方、母に褒められたことなどない私は驚いてしまう。フレデリックの義息子効果すげえ。

「そうです。彼女は健康的になってきたのです。もう少しだね、シャル」

隣に座っているフレデリックが私に甘い表情を見せながらそんなふうに呼んだ。

はあ？　はあああああっ？　と母の顎が外れそうだ。

「シャ……シャル？」

私だってこの現象がなにかわかんない。朝の散歩を始めてから、なぜかタメ口から愛称呼びに発展していったのだ。

もちろん。私は承諾した覚えはない。

私とフレデリックの顔を交互に見た母はなぜかおののいていた。

目標体重まであと少し。私はそれ以上痩せるつもりはないし、この決意を譲る気はなかった。きっと母には物足りない設定だろうが、私が求めるのは健康であって、スタイルの良さではない。さすがに九十二キロあったのはヤバいと思って、二十二キロ減量を目標としているのだ。

これでもどれだけ食べる楽しみを我慢してきたと思っているのだ。あと四キロ……なんとしても頑張って、私は自由を手に入れるのだ。

無理をして足を痛めた時から、なぜかフレデリックは私に過保護になった。それと同時にスキンシップも増えた。

「今日も頑張ったな」

私の隣でニコニコとしているフレデリック……。なんかちょっとキモイ。頭を撫でてくるし、時には手を繋ごうとする時さえある。介護効果か？　なにが引き金だ。私を懐柔しようなんて百年早いんだよ。

しかし、辛い時に介助してもらったことは確かで、私も強く出られないのが現状だった。なんとなくうっとうしさを感じながら、私は美味しい食べ物が食べられる日をずっと心待ちにしていた。

だから、全く気づいていなかった。子作り解禁日が迫っていたことを。

私はフレデリックの『もう少しだね』の意味をわかっていなかったのだ。

二章　その夜は二人の関係を変える

「いやっほーい！」

さらに月日は経過し、私は目標体重に到達していた。一時やめていたメイサのエクササイズも緩く再開し、なんとか健康的に七十キロの新生私が誕生したのだ！

どうよ、やればできるじゃん、私！　すごいぞ、私！

「シャル、偉いぞ。ご馳走を用意したからな」

浮かれる私に、なんとフレデリックがお祝い会を準備してくれた。

「うわあああああっ」

私は結婚して初めてフレデリックを見直した。完全になんでも食べていいわけではなかったが、ローストビーフやハーブ鳥の丸焼き、サラダ、果物と盛りだくさんの料理がテーブルに並んだ。

この日を……この日をどんなに待ち望んだかあああああっ！

「今日はシャルが七十キロという目標に達成した素晴らしい記念日だ。さあ、二人でお祝いをしよう」

別に二人じゃなくてもいいんだが、まあ、そんなことはどうでもよかった。

こんな日ぐらい私だってフレデリックに愛想を振りまいてもいい。ガツガツと久しぶりのご馳走に舌つづみを打つ。あ〜っ！　これだよ！　このジューシーな肉の旨《うま》み！　むね肉じゃなくて、もも肉のジューシーさが欲しかったんだよ！

幸せ〜！

「シャル、あなたを誤解していたことを許してほしい。大きなストレスも肥満の原因だって……。あなたは今まで俺に一度だって頼ることはなかった。仕事だと屋敷に寄りつかなかったことを責めもしなかったし、ダイエットもひたすら自分を律して頑張ってきた。そんないじらしいあなたに俺は過度な運動をさせ、無理をさせた結果、体を痛めさせてしまった。あの時のこと、一生をかけて償うよ」

「ん？」

食べることに集中していてフレデリックの熱弁を聞き逃していた。まあ、なんだ、褒めてくれるのはいい。数少ないフレデリックのよいところは褒めてくれるところだと思う。

「あなたは素晴らしい女性だ。母もあなたのことを褒めていたよ。屋敷の内装を考える時も俺の好みと『丈夫であること』を重視してくれたんだってね。王女だとわがままを言われるのも覚悟していたのに、若いあなたがこんなに控えめに俺を支えてくれるなんて思っていなかったんだ」

「あー……ははは」

それからサラダを食べろと言われてちょっとムッとしつつも、いきなり食べすぎるのもよくないと自重した。これで体重が戻っては元も子もない。

早めに食事を済ませ、なぜかすぐに湯浴みを勧められた。メイサがストレッチをさせに来る時間じゃなかったっけ？　食事に時間をかけすぎて遅れちゃったのかな。

不思議に思いながら入浴をして、パジャマを着ると、寝室にはフレデリックが待機していた。

ふーん。今日はずいぶん早く寝るんだな。気がつくとテティや侍女もいなかった。

では、寝るか、と思ってベッドに向かおうとして、部屋の違和感に気づいた。

あれ？

フレデリックがずっと使っていた簡易ベッドがない。ベッドがあった場所の前で立ち尽くしていると後ろから来たフレデリックに体を押さえつけられた。……まあ、バックハグともいう。

え、なんで捕まえられた？

「今日までよく頑張ったね。シャルの気持ちを夫として受け止めるよ。優しくするから」

耳元でささやかれた言葉は宇宙との交信内容としか思えなかった。なにを言いだしたのだとギョッとすると、そのまま体の方向を変えられてフレデリックの方を向かされた。さらに顎を持ち上げられて上を向かされて、ずずいと美しいフレデリックの顔がアップになってくる。

ちゅっ。

ムグ……なに、これ。なんでキスされたの？

ん？　ちょっと待て。「今日までよく頑張ったね」だって？　受け止めるってなに？

もしかして、もしかしなくても……。

顔が離れていくのがゆっくりと見えた。

すっかり忘れていた。なんのためにダイエットさせられていたか。まさか、フレデリックは日々私が痩せるのをそんな目で見ていたってこと？

い、いやいやいや。ありえないだろう。結婚して半年ちょっと、私がフレデリックとムフフするために頑張ってきたと思ってんの？　んなわけない……でも、フレデリックからしてみればそう、なるのか？　うそやん！

サーと青くなる私。ありえない勘違いをされている。

「フレデリック様、無理なさらなくてもいいのですよ。私は健康的になれたことで十分です。それに結婚してからは七か月、婚約してからは一年も過ぎているのです。あなたに恋人ができていても私はなにも言いません」

あははは一っとへらへら笑って言ってみる。

むしろ愛人を作っていてくれ。さすがに一年も大人の男が身綺麗なわけがないだろう。外で性欲発散済ませているんだよね（希望）。

「はあ、シャル。あなたは本当に奥ゆかしい。でも、自己評価が低いのはいただけない。無理して笑ってそんなことを言わないでくれ……俺のシャルは頑張り屋さんで好ましい。それに恋人なんていらないだろう。俺には可愛い奥さんがいるのだから」

「か。可愛い？　そ、そんな私なんて」

ブタですから、ブヒブヒ！

「また……そんなこと……」

「目移りされませんでしたか？　今なら……ほら」

夫婦生活がなかったのだから、フレデリックが浮気したって誰も責めない。うっかり子供ができていたって責めない。

「もう、黙って。俺の言うことだけ信じればいい」

「ん、むぐっ」

ぎゃっ、わあっ、またキスされてる！　なんで、なんで！　ちょっ、舌！　舌が入ってきてるって！　わあああああっ。

二度目のキスは濃厚で、互いの唇が離れる時に唾液が銀糸のように繋がっていた。ひ、ひいいっ、エ、エロッ……。

「ハア……あなたが俺との未来のために日々頑張っているのを側で見てきたというのに、目移りなんてとんでもない。さあ、ご褒美だよ」

今度は額にちゅっとキスしてから抱きしめてくるフレデリック……怖いから聞けないけど、なにがご褒美なんだよ。

あくまで自分の体がご褒美だってことなのか？　……ガクガクブルブル……。どうしよう。なにか回避する理由は……。明日からは心づもりするから、ね？

オロオロしていると腕に閉じ込められたままベッドに運ばれてしまった。

おおう……。見上げたフレデリックは「さあ、私をお食べ」とでも言っているような慈愛に満ちた表情だった。きっとこの世の中にフレデリックに抱かれたくないと思っている人間がいるなんて想像もつかないのだろう。

ここにいるんだがな！

「さあ、今夜から子作りを始めよう。なに、あなたが言った通り、最低限の回数で済まそう。実は俺は行為はあまり好きじゃないんだ。子リスのように愛らしいあなたにそう何度も無理を強いるつもりはない」

しかしフレデリックは初夜の時の私の話を覚えていたようで、それを守ってくれるらしい。これはとっても高ポイントだ。

なんだ、フレデリックはそんなに行為は好きじゃないのか。だったら外で浮気するどころか私とするのも気が重かっただろう。悪いことをした。

子供は三人欲しいって言ってたな。じゃあ、上手くいけば最低三回我慢すればいいか。

母は五人産んだのだから五回は我慢したんだろうな。子供を産むって大変だ。面倒なことはさっさと済ます方がいいだろう。

私たちはお互い半分わかっていて、半分わかっていなかった。

フレデリックは私にちょっとした好意を持つようになったものの、先のことは想像していなかった。そして私もフレデリックが豹変《ひょうへん》するとは思っていなかったのだ。

私は無理やり自分を納得させて、フレデリックと子作りすることにした。抵抗したって、結局は結婚したのだから避けては通れない道だ。まあ、私が心待ちにしていたと勘違いされているのはいただけないけど、それも彼にいちいち説明することではない。

キスはもうしなくてもいいんじゃないかと思ったのに、フレデリックは何度もしてきた。これもご褒美の一環だろうか。面倒な。

ちゅっ……ちゅっ……。

「ふっくらした唇が……なんとも癖になる」

しかも角度を変えてしてくるのがウザい。そしていちいち音を立てるようにして、私の反応を見るのが嫌だ。軽く吸い上げてきたと思えば、深く息が苦しいくらいに舌を入れて口内をかきまわされて、ハアハアと息も絶え絶えになってしまう。

「真っ赤になってるシャル……か、可愛い……」

ベッドの上で覆いかぶさってきている状態で、次にフレデリックは私の上着のボタンを外しにかかった。ずいぶん手際がいいのはやはりどこかで経験を積んでいるのだろう。ああ、いや、べ、別に嫉妬とかじゃない。お付き合いしていた女性もいたというし、八つも年上なのだから当たり前のことだろう。

しかしキスなんてたくさんしても子作りに関係あるのか？

ずっとなにか動くたびにキスをされる。さっさと済ますようにパンツもズボンも潔く脱いでやったというのに。はあ、女慣れしている人は時間かけてするもんなんだなぁ。

「でっ……でかっ……」

フレデリックがパジャマのボタンを外しながら中を垣間見《かいまみ》て驚きの声を上げた。どうした、そんなに私の胸は珍しいのか。て、いうか早く合体したらどうだろうか。

ボタンを外し終えたフレデリックはじっと私の胸を見つめていた。

ポタ……。

「ひぃいいいっ」

なにか滴が落ちてきて見上げるとフレデリックが鼻を押さえていた。待ってよ、なんで鼻血なんて出してるの……。慌てて起き上がると脱いだパジャマのズボンで押さえてあげた。

「あ……」

自分が鼻血を出していることに放心状態になっている美形の男。うーん。それでも絵になるってことはないから特別に拭いてあげるよ。

「今日はやめておきますか？」

親切を装って声をかけるとフレデリックは「少しのぼせたみたいだ」と笑ったが、しばらく休んでからまた再開するという。無理しなくてもいいのに、やっぱりあれか、私と同じで嫌なことは先に済ませたいってやつか。

恥ずかしかったのか、フレデリックは私の顎を自分の肩に置いてぎゅっと抱きしめていた。自分の情けない顔を見せたくなかったのだろう。しばらくして鼻血も止まったようだった。

再び私と向き合ったフレデリックは私の上着を取った。いや、お前のシャツのが鼻血ついてっぞって、言いたい。

「なんだ、このふわふわなっ……」

フニ、フニフニフニ……。

すっぽんぽんになった私のボリューミーな胸をフレデリックがぶつぶつ言いながら持ち上げる。

「ハア……ッ、こ、これは」

人の胸を揉《も》みながらいちいちうるさい。そしてずっと胸を揉んでいる。用があるのは下半身だろうに、子作りには私の知らない作法がたくさんあるらしい。

「前も見たが、美しい色だ……しかも、大きさもちょうどいい。なにもかも、俺の理想の……」

今度は乳首の感想まで言いだした。てか、

「ま、前にも見たって、なんですか？」

色ってなんだ……？

「あ、いやだって、ほら……初夜の時にシャルがちょっと積極的なナイトドレスを着ていたから角度によって見えていたし……」

え、あの時の視線って……。

「あれで俺、久しぶりに勃《た》ったから自分でも驚いちゃったよ」

「たったから驚いた」ってなにが？　なんのこと？　ハアハア言ってるけど、鼻血出してたし、大丈夫なの？

「ふ」

え。なんか変な声が出る。

今度はフレデリックが乳首をクニクニといじり始めた。声を出した私に気を良くしたフレデリッ

クがしつこく指で刺激して、なんだか変な感じがしてくる。

「ね、フレデリック様……」

「呼び捨てでいいよ、シャル……」

「ええと、じゃあ、フレデリック」

「うん。食べさせて、シャル……ああ、可愛い」

やめさせようと声をかけたのにフレデリックが乳首を口に含んでしまった。嘘、赤ちゃんじゃないのに……しかし存在を主張するようにぷくりと立ち上がった乳首はぺろりと舐められ、時折甘噛みされた。

「くうっ」

ピリリとひどく敏感になったそこがジリジリと疼《うず》き始める。もっとしてほしいような、焦《じ》れた気持ちになってくると自分が自分でないように感じた。

こ、これが閨《ねや》でのテクニック……？

さすが女性の扱いに慣れているだけある。私の胸はフレデリックの手によって形を変え、時には両方の乳首を一度に口に含まれたりした。

「吸いつくようなこの肌……」

この行為はあまり好きじゃないと言っていた男が、ハアハアと興奮して目が血走って見える。嫌な予感はするものの、なにがどうなっているのかわからない。

「まるで真綿のように柔らかく……シミ一つない美しい肌……そしてこの淡い桃のような色の完璧

な乳首……理想的な乳輪の大きさ……神が描いた絵のようだ……」

吐息をつきながら零《こぼ》される言葉は、褒められているのかいまいちわからない。しかし、夢中になっているように見えるんだけど。まさか……ね？

「あなたの裸体は完璧だ……そしてこの体毛の薄い……」

誰にでも言っているのかは知らないが最大限に私の体の良いところを述べながら、フレデリックが私の体をまさぐる。そうしてパカリと足を開くと、以前処女だと見分した時と同じように私の秘所を指で左右に開いた。

「もう、確認したではないですか、恥ずかしいのでやめてください」

慌ててそう言うと、退くどころか股の間に陣取ってきたフレデリックが顔を近づけてきた。

ベロリ……。

ぎ、ぎゃーっ！

声にならない心の声が出た。な、な、なにをした！　驚いて逃げようとすると太ももに置いた手が私の足をさらに広げて押さえた。

ま、まさか、や、やめーっ!!

私の願いも虚しくフレデリックが犬のように私の秘所をベロベロと舐めだした。超絶美男子が自分の股間に顔をうずめ、あまつさえ、ベロベロと舐めまくっているのだ……ああ、もう子種をもらう前に意識を手放していいだろうか。

いや、ダメだ、これ以上好き勝手されたら！

「や、はうううううっ！」

やめさせようと手で隠すと指の股も舐められてしまう。ほんと、なんなの⁉　ヌルって、やあっ。くすぐったいような、焦れるような……なんか、非常にヤバい！　たとえられないけど、ヤバい！

ひと際、体が跳ねるくらい感じてしまうところがあって、きっとそれが快感を生むのだろう。

フレデリックはわかっているのかそこばかり舌で刺激する。

びちゃびちゃと派手な音がするのも恥ずかしくてもう、どこかに消えてしまいたかった。

「ま、待って、待って」

堪らず懇願するとフレデリックの動きが止まった。

「どこか辛い？　足が痛かったりする？」

「そ、そうじゃなくて……」

「そうじゃなくて？」

「は、恥ずかし……」

「恥ずかしいことはない。こんなに綺麗なのだから」

ちょっ……どこのこと言ってる？？

「や、やあああああん」

するとまたべろりと舐められる。

「気持ちよさそうな顔をしてる。その顔……色っぽい。もっと、してあげたくなる」

「ふううんっ、そこはっ、変になっちゃうから、やあっ」

「ここはどう？」

「ひいいいんっ」

フレデリックは舌で私の入り口を刺激しながら指を差し入れてくる。

ちゃく、ちゃく、ちゃく……。

指が中を広げるように動き、入り口の敏感なところを舐め上げられる。頭がおかしくなりそうな快感。太ももがしびれ、無意識に気持ちいいと腰が揺れる。

するとなにが楽しいのか、フレデリックの舌遣いが激しくなった。

「あっ、やめっ、ねっ、やああっ……」

「気持ちいい？」

「ん、んんっ」

ハアハアと息を逃がすことしかできないでいると指の動きが速くなり、敏感な粒がフレデリックに吸い上げられた。

じゅるるるっ……。

「あ、ああああっーっ」

突き抜ける快感に体がしびれた。一気になにかが体を駆け上がった感覚に、つま先がピンと外に向いた。しばらくすぎた快感を外に逃すように息をして、くたりと脱力した。

「上手にイケたね。相手に奉仕したことなんてなかったんだけど、シャルの反応が可愛すぎて夢中になったよ」

甘い声にヨロヨロと顔を上げるとフレデリックが舌なめずりして私を見ていた。

え、これ、誰？

こんな獰猛《どうもう》そうな目で見られたことなんてなかった。彼はいつも優しげで、どこかすかしていて（多分偏見あり）どこか上から目線（多分これも偏見あり）だった。こんな余裕のない野性的なフレデリックを見たのは初めてである。

ダメだ、よくわからないけれど、これは捕まってはまずい。

本能が頭の中で『逃げろ』と警鐘を鳴らしても、体は脱力していて動かない。

「さあ、本番だ。なるべく痛くないようにしたいけど……」

ハアハアと荒い息をしたフレデリックは私の足の間に入って秘所に硬い棒を押しつけた。

「な、なに……」

ちゃく……熱い塊が私から分泌された体液をまといながら軽く秘所の外側を行き交った。

「記念すべき、一つになる初めての瞬間だよ」

「か、かはあっ」

強引にあちこち触りまくり、舐めまくってきたフレデリックは、それを押し入れる時も容赦がなかった。

「いたっ……痛いっ」

「くはあっ」

一気にそれを私の体に沈めたフレデリック。しかめ面した彼の額にも汗の粒が現れていた。

彼も、苦しいのか。

子作りとは、なんと過酷な作業なのだろう。

入れるだけでも大変だったせいか、フレデリックはしばらく動かなかった。しかし、ちょっと慣れてきたかな？　と思うくらいでおもむろに私の胸を掴《つか》んで柔らかさを楽しみ始めた。

「そっと……いや、だって……けしからん胸だ……ぐぬぬっ」

文句を言うなら揉むんじゃない。少し気持ちがそちらに向くと、そのタイミングでフレデリックが動きだした。

「なっ……」

「こんなっ、無理だっ……」

「ちょっ……」

「……こんな、気持ちがいいことがあって、たまるかっ」

え？　な、なんだって？

ぱちゅん、ぱちゅんと水音と肉の当たる音がしてくる。それは激しくなって私の体を揺らした。

体の奥がこじ開けられるような律動……。

「あぁっ……あああっ」

耐えろ、耐えたら終わりだ。

無理やり広げられ、こすり上げられる。

「吸いついてくる……くうっ……」

「はっはげしっ……」

「シャル、シャル……ここに、俺の子種をっ」

「ハア、ハア、ハア……」

「うっ……」

ぐっと腰を押しつけたフレデリックの体が震えた。ああ、子種をもらえたに違いない。

これで、当分しなくていい……。へとへとになった私はその時そう思った。

この一回でなんとかなると心の底から信じていたのだ。


ああ……途中から野獣のように腰を振られたが無事に子種をもらった。

ダイエットの運動なんて目じゃないくらいに、激しかった……。運動していてよかったと思える日がくるなんて思わなかった。でも、これでまず一人目ができれば……。あと二回で済む。

さっさとどこかに行けばいいのに、終わった後も抱きしめてくるフレデリックの息がハアハアとまだ荒い。白鷺の副団長でもこういった行為は疲れるものなのか。

すげえな、子作り。

仕方ない。ベッドから出ていってくれないならこのまま死んだように寝よう。……子供が授かったのっていつ頃わかるんだっけ。

どうか、子供三人分、三回で済みますように。

そう願って目をつぶり、意識を手放そうとした時だった。

ちゅっ……。

ん？

ちゅっ……。

勘違い？　なんか、フレデリックが背中にキスをしてきてる気がするんだけど。薄目を開けて確認するか悩む。嫌な予感がする。

ちゅうううっ……。

無視しよう。疲れたし、このまま寝る。絶対寝る。

「ハアハアハア……ああ、シャル、あなたはなんて素晴らしいんだ」

なにか聞いてはいけない声が聞こえる。しかも、胸、揉んでいるよね……。

え、なに。やめてよ、もう終わったのに。これってピロートークってやつ？　できる騎士様はアフターケアにも余念がないのか？

ちゅっ……。今度は肩に柔らかい感触が。

「どこも、かしこも……ああ。俺が間違っていた。シャル……俺の奥さん。本当に、バカだったよ、こんなに気持ちいいことが世の中にあったのに知らずに生きていたなんて」

なんかブツブツ言いながら唇が私の耳をハムハムと挟んでくる。こ、こわっ……。

子作りするだけの相手にもここまでするの？　もう、ほんと、いいから寝ようよって！

私は寝るぞ。なにがなんでも。

目をぎゅっとつぶって耐えていると……。

クチュ。

「へっ⁉」

フレデリックの指が私の下半身をまさぐりだしたのに驚いて、カッと目を開けてしまった。

「ああ、シャル……目が覚めた？　あなたの瞳に俺が映ってる……なんて気分がいいんだろう。あなたが可愛くて仕方ないよ」

「……は？　あっ、やあっ」

色気全開で私を見ているフレデリックが怖い。なんだこいつ、本当にフレデリックか？　しかし不埒《ふらち》な指はクン、と私の中を探ってくる。

「シャル……せっかくの子種が零れてきてるよ。中に押し込まないと……。そんな顔をして、俺を誘っちゃダメだ」

「へ……」

その、出てきてしまったのは指を入れたからでは？　なに言ってんの？？　え、ちょっと待って、お尻に当たってる硬いものってまさか……。

「今度は後ろから入れてみようか。その方が体の負担が軽いかもしれないよ」

「う、後ろ？」

わけもわからずうつぶせにされると、フレデリックが一気に私の中に潜り込む。

「なっ……くうううっ」

抵抗しようにも、フレデリックが中に放っていたせいか、十分濡れた私の秘所は簡単に侵入を許してしまった。

「たくさん注いであげるね」

なに、確率の問題？　たくさん注ぐと子供ができやすいの？

「ひいんっ」

フレデリックがぐりゅりと奥までねじ込んできて、一瞬息が止まってしまった。だから、太いんだってば、痛いんだって！

「ハア……さいっこうだ……絡みついてくるっ」

「フレ……ふと、太い……いっ、痛いからっ……ね、もう、抜いて……」

「あなたの小さな穴がめいっぱい広がって俺を包み込んでるよ。偉いね……ハア、ハア。さあ、もう少し馴染むまで頑張って、俺専用の形にしようね」

もう、この人がなに言ってんのかわかんない。

しばらくじっとしていたフレデリックは私と結合したまま、腰を持ち上げ私を四つん這いにした。

そして腰を引いて抜くと思いきや……。

ぱちゅん。

「はあんっ」

また太くて、痛くて、凶悪な肉棒を私に突き立て始めたのだ。

「俺の精子とシャルの愛液で泡立ってるよ」

実況するな！　この変態め！

ぱちゅん、ぱちゅん。

「ああっ、気持ちいいっ、最高だっ、シャルッ……」

「ふううっ、んんっ」

体が揺さぶられて、ありえないくらい胸が揺れると、それも嬉しいのかさらにフレデリックが興奮する。

「最高級のおっぱいだ。脂肪がこんなにいいものだなんて、俺の人生で初めて知ったよ」

いろんなことを知ってよかったな！　美男子が『おっぱい』言うな！

腰を振りながらフレデリックは揺れる私の胸をいじってくる。だんだんと痛みだけでなく、焦れるような感覚がしてくる。

それは覚えたての……快感で……。

「あうっ……んんっ、やあんっ」

自分の口から漏れ出す、信じられない甘い声……。

フレデリックが恨めしいのに、体は気持ちのいいことに素直に反応する。

流されてはいけない。いけないのにぃっ！

「はあんっ、ん、ん、ん」

だんだんと慣れてきたのか痛みが薄れてくる。

「気持ちいい？　シャルがいいところはここかな？」

「あ、あああっ！」

フレデリックが集中的に私の感じるところをこすり上げる。

「ああ、シャル、あなたは最高だ」

フレデリックの激しさに目の前に星が飛ぶ。

「ああ、ああっ」

やめてくれと言いたかったのに、快楽に負けた私の口からは嬌声《きょうせい》しか出ない。

こんな、もう、なんでっ……。

気持ちいいとか、ありえないし！

ありえないし！　ああ、あああああっ！

結局、しつこいフレデリックに付き合わされて、絶頂に達した。

恐ろしいほど私を褒めまくったフレデリックはその後も何度も私の中にたっぷりと子種を注ぎ込んだ。そうして長かった夜はやっと終わり……。

まさか次の朝から生活が一変するとは思ってもいなかった。


ちゅっ……。

ちゅっ……。

頭を撫でられ、あまつさえ額にキスされている感触がする。

どうも、昨晩、大人になったシャルロットです。

朝の光が眩しくて眠りから覚めました。

しかし、目を開けると恐ろしい光景が入ってきそうなので、事態が収まるまで狸寝《たぬき》入り中です。

ちゅっ……。

ちゅっ……。

ハア……ハアハア……。

ん?

ムニッ……。

あっかーん!

胸を掴まれて、カッと目を開けるとそこにはどアップのフレデリックがいた。人が寝ているのをいいことに、いったい、なにをするつもりだ!

「シャル……おはよう」

え、ええ? えーっ!?

そのまま、キスをされてしまう。しかも、ねっとり、濃厚。

チュッ……クチャッ……

ど、ど、どういうことだ?

驚いて手で突っぱねるが、抱き込まれている私は動きようもなかった。唇が離れて、ふ、とフレデリックが笑いかけてきたのがわかる。

こわっ……怖いぞ。

なんだ、この甘さ……。

めちゃくちゃ甘ったるい顔で見られているんだが？

そうしてもぞもぞと胸の上で動く手を押さえて見上げると、耳元で「もう一回だけ、いい？」と聞かれた。

「いいわけないでしょっ！」

思わず叫ぶとフレデリックは目をパチパチさせていた。

「でも、シャルが気持ちよすぎて……」

「わ、私は初めてだったんですよ？　体が辛いです！　それなのに、あ、あ、あんなにっ！　ケホッ、ケホッ……」

いい加減にしろ、声を荒らげると咳《せき》が出る。散々喘《あえ》がされて、声は擦《かす》れていた。

「シャルッ……大丈夫？　ま、待ってて」

フレデリックはあたふたあたりを見回すと慌てて水差しから水を注《つ》いで持ってきた。

「ケホッ……」

「ゆ、ゆっくり飲んで」

両手で支えられて飲みにくいものの、振り払うわけにもいかずそのまま水を口に含んだ。

「ふう……」

一人で飲ませてくれたら零さないのに少しだけ零れた水が顎の方から胸に伝った。

それを見ていたフレデリックが『ゴクリ』と喉を鳴らしてから、ハッとして申し訳なさそうな顔をした。

「シャル……その、無理させて悪かった。あなたは初めてだったのに。ちょっと気持ちを抑えきれなくって反省している。今日は寝ていていい。メイサには俺から断っておくよ」

ベッドから下りて生まれたての小鹿のようになっていた私を見て、フレデリックがもう一度謝った。抱き上げられて仕方なく、またベッドに戻される。

日課の朝の散歩に行けないのが残念だ。はあ、しかし、こんなに子作りがハードなものだとは知らなかった。世の中の奥様方は大変である。

「はい、あーん」

朝食をベッドに運び、私に甲斐甲斐《かいがい》しく食べさせるフレデリック。

ああ、思い出す介護時代……。今すぐそのスプーンを取り上げたいのにやんわりかわされる。ぐぬぬ……。

しかし、ドロドロ野菜ジュースじゃない、ニンジンのスープのいい香り。食欲には勝てずに口を開けると、ふうふうするフレデリックが気持ち悪い。ここは我慢、我慢。

うまーっ！

栄養だけを考えたドロドロ野菜ジュースでは味わえない、このスープの旨みよ！　ああ、美味しい。ホクホクした気持ちで食べているとふと視線を感じた。

「シャルが食べている顔は世界で一番幸せそうだ。俺はこんなにも可愛いあなたを眺めることなく過ごしてきたんだな。せっかく結婚していたのに、バカだった」

すっかり毒気を抜かれたホワホワした顔で言われてひるんでしまう。

「……そ、そうですか」

なんか朝から調子狂うなぁ……。

いや、マジでどうしたんだ。あの偉そうなフレデリックはどこへ……。

寝室に入ってきた時は普通だったと思う。自分がご褒美だって信じて疑わない様子だった。それに、行為もあまり好きじゃないって言っていた。

……あれか。私の胸を見てからか。

思い出せば鼻血を出してから大興奮だった。どう考えてもあれから豹変したように、舐めるわ、揉むわのオンパレード……。ハアハアハアハアと息遣いはうるさいし、何度「気持ちいい」を連呼していたことか。最後の方なんて、なんとか私を言いくるめて行為に及ぼうと必死だったもんね。

あれのどこが「行為はあまり好きじゃない」なんだろうか……。

無類のおっぱい好きだったのか？

あの顔で？　こわっ。

それから出勤していくフレデリックにいってらっしゃいも言えずに、私はベッドの中で屍《しかばね》のようになっていた。あんなに興奮しまくっていたのにフレデリックはあまりダメージがないようで、むしろ艶々してやがる。

はあ、しかしひと仕事終えた。大変な夜だった。

いくら確実に子供が欲しいっていっても、ああ何回も挑まれると辛い……まあ、最後の方はちょっと、気持ちよかったような気もしないでもないけれど。

頑張った、私。

偉いぞ、私。

もし子供を授かっていなくても次は一か月後かな。もうちょっと短時間で終われないものなのかな。もしかして工夫とか、事前の準備とか必要なのかもしれない。勉強しよう。毎回これでは大変だ。絶対に次はサッと入れてサッと出してもらって終わりにしてもらおう。

そうしてぐったりとしていると、午後から姉たちが私を訪ねてきた。

「昨日、ついに結ばれたらしいじゃない。フレデリック様って淡白だって聞いてたんだけど、どうなの？」

姉二人がそそくさとテーブルに座る。追い返したかったが、上のマリアお姉様は隣国からわざわざ里帰りしているので断れなかった。その隣で従者がデン、と結婚祝いだと持ってきた謎の壺《つぼ》をテーブルに置いた。妹の様子伺いという名目でお茶をしに来た二人は、むふーっと超興奮状態のまま迫ってくる。

大して仲も良くないのに、きっと母に言われての偵察とフレデリックを拝みに来たのだろう。しかしどうして昨夜したことをもう知っているのか……怖い。使用人にスパイがいるに違いない。変な話になると困るので人払いをした。もう少し寝ていたかったのにご無体な。

「淡白ってなんですか？」

「日頃から彼はクールでしょ？」

「エッチは事務的にすぐ済むのかって聞いてるのよ！　で、肉体美はどうだった？」

上の姉は回りくどく言うつもりだったようだが次姉がはっきりと聞いた。夫婦の事情を話すのはどうかと思うが、『事務的にすぐ済む』という単語に引っかかった。

「肉体美を堪能する余裕などありませんでした。それより、『事務的にすぐ済む』方法を教えてほしいです」

「えっ？」

「え？」

「……すぐ、済まないってこと？」

「私も一度したら終わりだと思っていたんですが……あんなに一晩で何回もしないといけないとは知りませんでした。はっきり言って体も辛くてもう嫌です」

「乱暴だったの⁉」

「乱暴……ではありませんが、なんていうか、やめてくれません」

「やめてくれない⁉」

前のめりになった二人の視線が私の胸元に集中した。ギリギリのところから鬱血痕が残っているのが見えていた。あまりに食い入るように見られて、襟《えり》ぐりを押さえた。目が怖ええよ。

「それって、フレデリック様が？」

「私は、何度もやめてほしいと懇願しました」

でも、「白いもち肌が最高だ」「シャルは可愛い」「ああ、俺の天使」とか言って肌をちゅうちゅう吸ってくるのだ。

「は、激しいってこと？」

こくんと頷くと二人が息を呑んでいた。

「お二人の旦那様は激しくないのですか？」

「え、なに⁉　私の夫⁉」

次姉のキャロルだってとっくに結婚している。今まで姉二人を尊敬したことはないけれど、この苦行を知って、今なら尊敬できる。

「シャルロット、落ち着きましょう。夫婦の閨の事情を人に聞くものではないわ」

「二人して興味津々で聞きに来たくせに」

「う……」

「わ、私のところは、甘い言葉をささやいてくれるわよ。まあ……でも私が嫌がったらやめてくれるし」

「キャロル！　……わ、私の夫は結構肌を重ねるのは好きな方かしら」

二人が赤裸々に私に教えてくれる。

「甘い言葉……」

「フレデリック様は、その、最中はなにか声をかけてくださるの？」

「ええと……『シャル、可愛い』とか『最高だ』とかです」

さすがに「気持ちいい」と言われたことは言いたくない。

「か、可愛い⁉」

「さ、最高!?」

「閨で男性は女性を褒めるものではないのですか?」

「あーいや、まあ、そうなんだけど、ちょっと想像つかないっていうか、普段とのギャップが」

「いくらなんでも、『最高』ってなんなのよ。あなた、なにが最高なの?」

「そ、そんなことを言われても」

「もしかして、あなたの体って最高なの?」

食い気味に聞いてくるキャロルにタジタジである。知らないよ、そんなの。私だって知りたいよ。

そうして結局押しかけてきたくせに姉二人は『事務的にすぐ済む』方法は教えてくれなかった。

始まったらひたすら耐えるしかないらしい。けれど、そのうち気持ちがよくなるとだけ教えてくれた。なんだそれ、参考にならないよ。

しかし、どうやら一晩で子種を受けるのは多くて二回らしい。

嘘だ。

私、四回くらい出されたもん。

あいつ……化け物かもしれない。


「シャル! 帰ってきたよ」

「え」

その夜、いつもよりものすごく早く屋敷に帰ってきたフレデリックは花束を抱えていた。そうして私にそれを渡すとかがんで自分の頬を指でちょんちょん、とした。

「ほら、帰ってきた夫にキスをして」

なにそれ、キモい。

そんなフレデリックに私はドン引きしてしまった。いきなり新婚夫婦アツアツごっこがしたくなったのだろうか。誰これ、知らない人かな？　昨日までこんな人いなかったし。

「恥ずかしがり屋さんだな、俺の奥さんは」

ちょっと気になっていたのだが、フレデリックが敬語をやめて自分のことを私から俺と言うようになってからずいぶん距離が近い。勝手に関係を詰められても困る。

ん……待てよ。朝、私にスープを食べさせたのは『介護』だったたん……だよね？

「うわっ！」

花束を持ったままの私をフレデリックはこともあろうかお姫様抱っこする。介護以来のあまりのことに、体が硬直してしまった。

ちゅっ。

「食事より先にあなたを食べてしまいたいよ」

ひ、ひいいいいいいいいっ。頬にキスされて、恐ろしい呪文を唱えられる。

誰ですか、あなた、誰ですか!?

「しょ、食事は大切です！　たくさん食べてください！」

「俺の体の心配してくれるの？　シャルはなんて優しいんだ」

ちゅっ、ちゅっ、とまた頬にキスされて、目玉がもう飛び出そうだった。ヤメロ！　みんなの顎が外れてしまうじゃないか！　見ろ、執事も侍女も驚いて声も出ない。

そうしてまた私の介護をしようとするフレデリックを抑え、なんとか夕食を取った。ええと、朝足が震えてまともに立てなかったからだよね⁉　だからこんな行動しているだけだよね⁉

その後、バスルームに押し込まれるとテティが血相を変えて私を磨きに磨いた。

「昨夜、なにがあったのですか？　旦那様が別人です。まとう空気がピンクです。なにより奥様を見る目がデロデロに甘いです」

「私も、そう思う」

「とにかく、奥様の支度を済ませるように言われましたので」

「支度？」

それを聞いて私は眉間に皺を寄せた。んで、なにこれ。なんでベビードール着せるのよ。似合うわけないだろ、紐が細くて食い込むわ！

ま、まさか！

そのままポイッと寝室に押し込められるとバスローブを着たフレデリックが蕩《とろ》けるような顔で私を見ていた。もう先に待っていたの？

「さあ、シャル……愛を確かめよう」

「あ、愛⁉」

いつの間に芽生えたっていうんだ？　だから、目を覚ませ！　お前ほどの美男子なら、どんな女だって喜んで抱かれるだろう。ただし、私以外な！

「今日は勤務中に昨夜のことばかり頭に浮かんでおかしくなりそうだったよ。仕事中にそんなことになるのは初めてなんだ」

「で、でも……昨日たくさん……」

「昨日は頑張ったシャルのご褒美で、今日は外で働いてきた俺のご褒美にしよう」

「はあ？」

ダメだ、また宇宙語話しだした！

「あなたの肌が恋しくて、気が狂ってしまいそうだ。さあ、シャル」

近づくフレデリックに後ずさりしていると、ベッドに当たって後ろにボスン、と倒れてしまった。

これ、ダメな体勢、ダメなヤツううう！

「ま、待って、ほら、子供ができていたら、する必要ないですから！」

「子供も必要だが、今は愛を語り合いたい」

な、なんですとーっ！　目玉どこーっ！

どうしてなんだよ、昨日の夜にエッチするまでもっとドライだったじゃんか！

しかし私が焦る間にパンツのサイドの紐を引かれてしまう。こら、やめろと慌てて両手でその手を止めた。

「急にどうしてそんな態度になったのですか？」

「恋に落ちるのにその説明が？」

「ちょっと、待って。私と肌を合わせるのが気持ちよくて、恋に落ちたってことですか？」

「そうであってもいいじゃないか。俺たちは夫婦なんだから」

「や、そうだけど、なんか違う！」

「とりあえず、可愛いその唇を奪っていい？」

「いいわけがっ……ん、んんーっ！」

分厚いフレデリックの舌が口内で私の舌を追いかける。激しくて、苦しくて、酸素を求めるように口を開けるとキスがもっと深くなった。

「怯《おび》えなくていい。俺があなたの心を溶かしてみせるから」

つ、と激しいキスの後に二人の混ざった唾液が糸を引いた。うっかりフレデリックを見上げた私は後悔した。

これが、次姉のキャロルが言っていた肉体美……。

昨晩は余裕がなさすぎて堪能できなかった肉体美……。

「私なんて、抱かずとも……」

オヨヨと泣きごとを言いながら、いきなりキスされて苦しかった私の目からはポロリと涙が落ちた。美男子の無駄遣いだ。なにも私を抱かなくったって、いいじゃないか。恨みごと半分で言ったのにフレデリックはそうはとらえなかったようだった。

「あなたは世界一素晴らしい俺の奥さんだよ。今後誰にも陰口なんて叩かせない。だから、安心して俺に愛されていいんだよ」

いや、別に陰口なんて気にしていない。もう必要のない行為をしなくていいではないかという意味だ。勘違いするな。

「あなたの素晴らしさは俺がみんなに伝えていくから」

ちょっと待て、さっきから「素晴らしい」って言ってるけど、なにが素晴らしいってんだ。

こんなこと、言う日がくるとは思わなかったけどさ、言わせてもらうよ！

私の体が目的なんでしょーが！

小枝のように痩せてないのになんでだよーっ！

「伝えていく」？

やめてくれ！　なにを伝える気だ！

「……王女に生まれたというのに、なんて謙虚で可愛らしいのだろう」

違う！　違うから！　待って、やっ、ああっ！

そこは気持ちいいから！

やめっ……

あああああっ！

そうしてその夜も私はなすすべもなく、ダイエットの運動の方がマシだと言いたくなるほどフレデリックに丹念に抱かれてしまった。

必要最低限の回数で子供を作るって言っていたくせに。

なにが俺は行為はあまり好きじゃないんだ、よ。めっちゃ好きじゃんか！

この大嘘つきめ……。

それからフレデリックは毎日毎日、屋敷に早く帰ってきてはご乱心である。私はいつもへとへとでトレーニングなんてできる状態じゃなかった。そんな私を見かねてフレデリックは当分の間は来なくていいとメイサに話を通したようだ。

いったいなんて言ってそうなったのか、聞くのも怖い。体を酷使され続けた私の体重はなんと六十七キロまで落ちていた。トレーニング並みの運動量とか……恐ろしい。


あれからやっとフレデリックが仕事で三日ほど屋敷を空けることになって、私は久しぶりに街に出た。

「あなたの温《ぬく》もりを刻みつけていきます」とか言ったフレデリックはやっぱり昨晩私をめいっぱい抱いていった。

とうとう私は教会に祈りに来るくらいに疲弊していた。

神聖な教会のステンドグラスのまろやかな光が私を照らす。膝をついて、切に祈った。

頼む……頼むから、まだ見ぬ愛し子よ……。

私のところへやってきておくれ……。

他力本願になってしまうが、私を助けてほしい。

だって、あいつ、毎晩、毎晩、しつこいし、ねちねちだし、しかも何回も！　いい加減にしろ！

いつの間にか気持ちいいところも把握されてしまった今は、私が絶頂に達するのを見るのを楽しみにしてしまう変態になってしまった。「気持ちいいって言ったらイかせてあげるよ」とか言うの、変態だよね！　ええ、色欲に負けて毎回言ってますよ！　欲に弱いから太ってんの！

しかも「私はあなたに釣り合わないし、子種をくだされればそれでいいから」と、遠回しに何回もするなと言っても『健気《けなげ》な俺のシャル』とかわけのわからない脳内変換で私を美化してくる。

話が通じない。

全く通じない。

もう子供ができることでしか拒めないところまできている。

泣いていいよね……。

最近屋敷内ではフレデリックの私への偏愛がいろいろな方向に捻《ね》じ曲げられて、溺愛妻に祭り上げられてしまっている。

んなわけあるかーッ！

心がすり減った私は懺悔《ざんげ》部屋の守秘義務を利用して日々の愚痴をぶちまけた。

「迷える子羊よ。さあ、懺悔なさい」

神父さんの声が聞こえると私は堰《せき》を切ったように語りだした。

「毎夜、毎夜、飽きもせずに私を抱きまくって、あの人、私の体が目的なんです！『今日はちょっと体調が悪くて』なんて断った日には、元気になるようにってご馳走とか私の好物とか持ってくる卑怯者《ひきょうもの》なんです。そんなの普段我慢させられているのに食べるに決まってるじゃないですか！　そうしたら、『そんなに食べられるなら元気になったね』とか言われて結局いいように抱かれてしまうのです」

「はあ……」

「政略結婚で子供を産んだらもう興味のなくなる妻を、こんなに抱く必要なんてありますか？　それに、私聞いたんです。あんまりその、子種を注ぎすぎると子供ができにくいって。それも話したのに『そんな噂《うわさ》を真に受けてはダメだ。まずは俺たちが愛し合うことが大切なんだから』って言っていつもより、激しめに、激しめにいいいいいっ！」

「……そうですか」

「しかも、至るところの肌を吸って、鬱血痕を残すんです。やめてくださいって何度も言っても聞かなくて『甘いあなたの肌が悪い』って私のせいにする最低ヤロウなのです。うあああああん」

「……」

「私はどうしたらいいのですかぁ。神様が早く子供を授けてくださらないと、夫の行動がやむことはないと思うのです。うあああああん」

「……お子様が欲しいのですね。祈りなさい。さすれば思いは神に届けられるでしょう」

呆れた声で返答されたような気がしないでもないけど、思いをぶちまけて教会を後にする。

恥ずかしいとか通り越して、フレデリックの奇行と暴走を止めてくれるなら、なにすがってもいいとさえ思えた。

けれど、にわか信者になったところで、神様が急に私の願いを叶《かな》えてくれるわけがなかった。それはそうだ。私が神様ならもっと信心深くて長く通う人の願いを優先して叶えるだろう……。

ため息をつきながら教会から馬車に乗り込むと使用人が痛ましいものでも見るような目で私を見ていた。

三日後の夜……。私はベッドの上でフレデリックに詰め寄られていた。

「シャル……俺のいない間に教会に通っていたそうじゃないか。一人で抱え込んじゃダメだ」

と真剣な顔のフレデリックに言われた。くそ、誰だ、チクったの。

「私たちにとって大切なことを祈っているだけです」

「子供のこと？」

「はい」

「まだ子作りを始めて二か月ほどだよ」

そうだよ、妊娠してなかったことがわかった私の気持ちがわかるか？　それも、これも、お前がしつこい子作りするからだろうが！

「早く授かりたいのです」

「焦ることはないよ。俺たちの心が繋がればおのずと子宝にも恵まれるから」

「でも……」

心なんか繋がらないし、ゆっくり構えていたら、結合回数だけが増えてしまうではないか。

「シャルが憂うことはない。……では今日はより深いところで繋がろうか」

え、今、なんて言った？？

頭ではフレデリックを避けたくとも、体は完全に慣らされている。フレデリックの瞳が妖しい光を帯びて、その舌先が唇を軽く湿らしたのを見ると、無意識に私の体の奥がキュウ、と締まった。

もう、なんなの私の体……。

期待してなんてないから、ないんだから！

距離を詰められて、もうフレデリックの手は私の下穿きの中へと潜り込んでいた。

「シャル……期待した？　もう、濡れている」

すでに私の秘所はたらたらと蜜を垂らしてフレデリックの指を呑み込んでしまう。ヌルヌルとひだを指でかき分けられて、クチャクチャと恥ずかしい音に耳を犯される。

「ひぐっ……」

グッと沈めた指が膣《なか》で私の感じるところをこすり上げると、私は簡単に体の熱を上げてしまう。

「ここも可愛がらないとね」

色気のないパジャマにしてみてもこの反応。もうなにをしても合体は回避できない。パジャマの上からカリカリと指で引っかかれるとぷくりと乳首が布を押し上げた。

「俺に可愛がってほしいって主張してる」

いちいち言うのがもう、ほんとヤだ。

「んっ……」

布の上からチュウチュウと乳首を吸われてそこだけ唾液で色が変わってしまう。エロい……エロいって。その事実に頭に血がのぼって顔が赤くなるのが自分でもわかる。カリ、と軽く噛まれるだけで、達してしまうくらい私は興奮している。

「ハア、ああ。この感触……」

裾から手を入れたフレデリックが乳首を指で挟みながら胸を揺らす。いつの間にかなにも身につけていない下半身に熱い高ぶりが押し当てられていた。

だから、そこはっ、ああああああっ……。

もうなんの抵抗もできずに収まっていく肉棒。

「ふか、ふかいいいいっ、ひいんっ」

「不安にならないでいいっ……子供が授からなくとも、俺が守るからっ……はあ、気持ちいいっ」

不吉なことを言うな！　こっちはさっさと産んで別居したいんだよ！

しかも、また「気持ちいい」って言ったな!?

「はあっ、あああっ」

「シャルはここがいいよねっ……ハアッ、ああ、油断していると持っていかれてしまいそうだ」

なにをだよ！

「やっ、そこっ、はうううっ」

「ああ、シャルの中は熱くて……気持ちよすぎる……ハアッ」

「ああんっ、はあっ」

ヤバい、気持ちいいところ擦られて、頭がおかしくなっちゃう。どうしてこうも、テクニシャンなのよう！

「くうっ……絡みついてくるっ……最高だ、シャルッ、あなたは最高だっ」

毎回最高だとか、気持ちいいってどれだけ連呼してるか覚えてんのか？　これ完全に体だけだろ。

この、クソ男おおおっ。

でも、情けないけど、気持ちいいっ！

「やああああああっ、イクッ……」

「俺もイクよ、ああシャル……!!　くううっ」

気持ちいいっ！　ああああっ……。

そうして気づいた時にはベッドで一糸まとわぬ姿で後ろから抱きしめられていた。うっとうしいが、その手を払う体力はもうない。

ああ、また拒めなかった……。

うう、私はなんて欲望に弱い人間なのだろう。始まってしまうといいように抱かれてしまう。

明日こそ、次こそはちゃんと拒んでみせる……。

子作りは月一回にしてもらう。そう、私は心を強く持った。


「ただいま、シャル。今日はどうしてた？」

帰ってくると真っ先に私を探すフレデリック。エッチする前は絶対にしなかった行動だ。それ目的で私を探しているに違いない。

なんという野獣……。

しかし、今日はエッチの前払いのように渡される花束を受け取らなかった。これを受け取るとダメだと学習したのだ。

「ん？　どうしたの？」

「お話があります」

「いいよ。着替えてからね」

受け取らなかった花束を執事に渡したフレデリックは私の腰を抱いたまま自室へ移動した。

そうして私を中に入れた後、ソファに座らせ、自分は着替えていた。ちらりと見えるいい体が憎たらしい。

しかし、それを見ている場合ではなく、私は思っていることをフレデリックにぶちまける心の準備をした。

「で、俺の可愛い奥さんはどんなお話があるのかな？」

どさ、と隣に座ったフレデリックが近すぎたので、間を開けると間髪をいれずに詰められた。

今までこんなふうに近くに座ってきたことなどない。やっぱりエッチのせいだ。あの夜からフレデリックは変わってしまったのだ。

「あの」

「うん」

蕩ける顔で見つめてくる。この甘い雰囲気も耐えられない。髪をもてあそばないでほしい。

深呼吸してから私は抗議した。

「子作りは最低限の回数で行うと約束したではないですか。約束を守ってください」

真剣にフレデリックに訴えたというのに彼はそれを不思議そうに聞いていた。

「シャル。あなたは問題を抱え込みすぎる。子供は天からの授かりものなんだ。子作りばかりにとらわれていると、精神を病んでなかなか妊娠しにくくなる例もあると医者に聞いてきた」

「え、そうなのですか？」

問題を抱え込んでいる気は全くないが、子供を望みすぎているばかりに気持ちが追い込まれているのは確かだ。

「まずは、愛し合おう、シャル。あなたと肌を合わせると幸せを感じるんだ」

「そ、それです！」

「え？」

「フレデリックは、その、わ、わ、私の」

「私の？」

「体が目当てなんですよね！」

ハア、ハア、ハア……言った、言ったぞ、ついに言ってやった。

しかし必死で告白した私にフレデリックは笑った。

「は、ははは……あなたの体は柔らかくて、気持ちよくて、フワフワしてて最高で、『体目的』っていうのは間違ってはいないけれど。もしかしてシャルはそれが不満なの？」

「ずっと不満でした」

ピシャリと睨みながら言ってやる。こちらは子作りだから我慢しているのに、快楽を得るためのの目的で行為を繰り返されるのはもうやめていただきたい。閨では、さっと一回合体して終わり、にしてほしいのだ。

　フレデリックを見つめているとなぜか彼の眉がデレデレとハの字に下がった。

「そうか、そういえばデートの一つもしてやらなかったからな。いきなり体ばかり求めたので、シャルは戸惑ってしまったんだ。これは申し訳ないことをした」

「ん？」

「ごめんね。団長に言って、休みをもらってくるよ。シャルを喜ばせてやりたい」

「んん？」

「そんなことで拗《す》ねてしまうなんて、可愛いな」

「んんん？」

　ペロリ……。

「きゃっ」

　急に耳を舐められて体が跳ねた。

「シャルって、驚いて上げる声がセクシーだよね」

　いえ、全く。色気全開で言われても困る。

　そうしてその週末、フレデリックと出かけることになった。ヤツはそれを『デート』だと呼んだが、私は認めない。

「奥様、週末が楽しみですね」

屋敷の者たちに顔を合わせればニコニコとそう言われる。どういうことだ、誰が触れまわっているんだ。

犯人を出せ！　と思って聞き込みするとそれはすぐ発覚した。

「旦那様がウキウキしながら『シャルがデートしてくれないって拗ねちゃって』とおっしゃってました」

くそう、余計な真似を！　しかも私がおねだりしたみたいに言ってくれちゃって、なにがしたいんだ？

「……いえ、単に旦那様は浮かれておられるのだと」

テティまでそんなことを言うが、どうして私とデートするのにフレデリックが浮かれるというのだ。

なぜか私がねだってデートになったような屋敷の雰囲気に、いたたまれない気持ちになりながら気の進まない週末はやってくるのであった。

観劇やスポーツ系のデート先なら回避してやろうと思っていたが、フレデリックが私を誘った先は思いがけず、城下の催しだった。

「ちょうど祭りをやっているらしい。お忍びで行ってみよう」

お祭りといえば屋台……屋台の食べ物には大変興味がある。フランクフルトに綿菓子は外せない。しかもフレデリックがいれば護衛もいらないので堂々と外出できる。さすが副団長、ヒューヒュー。

「ふふ、そんなドレスも可愛いね」

「はあ」

「でもちょっと、体のラインが出すぎてないかな。鞄《かばん》の紐を胸の谷間に入れたらダメだ。あなたの魅惑のおっぱいが……」

私はフレデリックをひと睨みしてから、斜めがけしていた鞄の紐の位置を変えた。お忍びということで街で流行《はや》っているワンピースを着ていたのだが、柔らかい布なので胸の大きさが目立ったようだ。おっぱいとか言うな、このおっぱい好きめ。

「それはそうと、私はともかくフレデリックがお祭りに現れたら騒ぎになりませんか？」

私は時々お忍びで城下に下りても誰にも気づかれない風貌である。しかしフレデリックは違う。彼は街で有名でポストカードが出まわっているくらいだ（結婚してから知ったけど）。いくら街の人の恰好をしても、輝き溢れ出る美男子要素が人目についてすぐにバレてしまうだろう。

「フフフ。シャル、私だって対策はちゃんと考えています」

しかしフレデリックは不敵に笑い、祭りの仮面を渡してくれた。

「これで、誰だかわかりません」

「なるほど」

でもこの仮面目元だけじゃん。せめて覆面じゃないと。そうは思ったけど、自信満々のフレデリックにそれ以上はなにも言えなかった。だってさ、あんまりにも強気で言われたら「そうなのかなあ」って人って思ってしまうものじゃない。

「もしや、白鷺の騎士団の副団長様ではありませんか？」

けれど残念ながら私の予想の方が当たっていたらしく、街を歩いていると速攻でバレてた。体格でわかるわな。雰囲気だけでもうイケメンだしさ。

ああもう、面倒なことが起こるとしか思えない。案の定あちこちで気づいてしまった女の子たちがこちらに向かって移動してくる。

「シャル、走って……」

押し寄せてくるピンクな雰囲気の女子たちにくるりと背を向けると、フレデリックは私の手を掴んで走った。

しかし後ろから爆速で走ってくるファンたち……恐ろしい。

「こっちだ」

そうしてどこかの建物に逃げ込んだ。さすが副団長、街のことをよく知っていた。裏道とか細道とかを駆使して追っ手から逃げきったのだから。

「追ってきませんね。振り切ったみたいですよ」

ハアハアと息を切らしながら、宿のようなところに入ったがこんな調子で祭りに戻って大丈夫なのだろうか。不安になって外を窺《うかが》っていた私は腕を引かれた。

「ここで少し休むことにしよう。まだ外に人がいるかもしれない」

「ここは？」

「ええと……まあ、宿です」

急になぜ敬語？

「宿……ですか？」

それにしては入り口が目隠しされていた。受付カウンターは手だけ見える仕様になっている。チケット売り場？？

「さあ、行こう」

「え、宿を取ったのですか？」

なんて素早い。宿ってすぐに泊まれたりするんだ。不思議そうな顔をしていたのだろう、フレデリックが説明してくれる。

「……休憩もできるらしいから」

「そうですか」

なんだか変わった宿である。しかし、先ほどからフレデリックは歯切れの悪い返答ばかりする。

「この部屋しか空いてないらしい。狭いけれど、きゅ、休憩するだけ……だから」

「はい」

カチャリと鍵を開けて進むとベッドしかない部屋だった。確かに狭い。

窓も高い位置で開けられない仕様になっている。変なの。部屋を観察していると後ろで鍵をかけて確認している音がした。

座るところがないのでベッドにフレデリックと並んで座った。どのくらい待てば外に出て大丈夫なのだろうか。

「ん……？」

なにか声が聞こえた。にゃーにゃー聞こえてくるのだが、猫？　発情期の鳴き声かな。それとも、赤ちゃん？

なんだかいろんな鳴き声が聞こえる。フレデリックにも聞こえているのだろうかと隣を見ると彼は真っ赤な顔をして俯《うつむ》いていた。

「フレデリック、どうかしましたか？」

「いえ……その……」

「猫……でしょうか？　あちこちで鳴いてますね。集会でもあるのかしら。ええと、水でも飲みますか？」

小さな台にいろいろ入っている籠と水差しが置いてあったので、コップに水を移してフレデリックに差し出した。

なんだか、ハアハア息をしてるし大丈夫かな。心配になってきた。宿に着いた時は私の方が息を切らしていたのに、どうして今頃フレデリックが？　顔も赤いし、まさか病気では……。

私が差し出した水を一気に飲むフレデリック。コップを受け取って台に戻そうとしていたら、後ろから抱きしめられた。

「え」

私の二つのふくらみを確かめるフレデリック。

モミモミ。

なんで胸を摑まれてるの？

混乱しながらとりあえずコップを置いた。

「シャル……」

「ちょっ……なにして！」

そのまま前に回った手がプチプチとボタンを外しにかかる。急になにすんの⁉

「こんな連れ込み宿でなんて、あなたに悪いって思ったけれど、昼間からみんなしているんだって聞かされたら……」

「ん？」

「いい、よね？」

「へ？」

連れ込み宿？　みんなしてる？　なんの話？

フレデリックの言葉の意味を理解しようとした時、隣の猫の声が激しくなった。

――もっと、ああああん、もっとおぉ。

――いいの、いいのぉっ、くううん、くううん。

あれ？　猫……じゃない？？

――ああん、あああん。

――いっぱいしてっ。

まさか？　これって……アレの……声？？

「つ、連れ込み宿……って？」

「男女が逢引《あいび》きに使う宿だよ……もう我慢できない。シャルの鳴き声も聞きたい」

「きゃっ」

ベッドに倒されて、覆いかぶさってくるフレデリック。

お前、まさか……結局、これが目的かあ！

「たくさん、鳴いていいからね。シャルが一番、可愛いに決まってる。むしろ聞かせてやろう」

「んあっ、そこは、やっ、ちょっ」

「さあ、気持ちよくなろうね」

なんで、こーなるのよっ！

——ああん、あああん。

——いいっ、いいのっ。

意味がわかるとカアッと頭に血がのぼる。意識して聞いたらそれにしか聞こえないじゃんか！

なに、みんなこんな昼間から⁉　なにしちゃってるのよ！

——ああん、あああん。

——イクの、イっちゃうのおおおっ。

淫靡《いんび》な背景音楽……。

最悪！　最低！

「やあんっ」

そして町娘の服は防御力ゼロ……。すでにワンピースと下着ははぎ取られてベッドの下へと落とされていた。

「ハア……最高……」

フレデリックの大きな手が私の胸をいいように揉んでいた。この感触をよほど気に入っているのか、必ず時間をかけて胸をいじってくる。次第に気持ちよくなるからやめてくれ……。

「ふあああんっ」

キュッと両乳首を軽くつままれると、ピリリと快感が体を走る。連動するように私の体の奥が熱くなってくる。ああ、また気持ちよさに流されてしまう。快感に震えているとフレデリックが瓶を手に取って上から垂らしてきた。

「つ、冷たいっ……な、なに？」

とろりとしたものが胸を伝って谷間に落ちていく。

「スライムの粘液かな……ハア、ハア……聞いたことはあったけど、催淫作用もあって、ヌルヌルしてて気持ちいいらしいよ」

「え」

「それ目的の宿だから、いろいろそろっているみたいだ」

そういえば水差しの横の籠に、瓶やら紐やら置いてあったけど、それって、行為する時に使うものってこと？

「シャルの美しいおっぱいに液が垂れて……ハアハア」

ダメだ、フレデリックの目が血走っている。これはヤバい。

ババッという風を切る音とともに、フレデリックの上着やらシャツやらが空に舞った。潔く裸になった彼は私の体をヌチャヌチャと撫でまわし始めた。

なに、これ、
ヌルヌル……。

ハア、ハア……。

体がだんだんと熱くなって、フレデリックが触れてくる箇所がどれも気持ちいい。

素肌をもっと擦り合わせたくなって、私はフレデリックにすがりつく。

ぬちゃ、ぬちゃ……。

トロっとした液体が私とフレデリックにまとわりつき、体を合わせるとなんとも言えない快感が生まれる。

「ハア、ハア……シャル……ここは天国かな……気持ちよすぎる……」

不覚ながら、私もちょっとそのくらいの気持ちよさを感じていた。

なにこれ、もう……。

気持ちよすぎる……。

「んはっ……」

「ここも、すんなり指が入るよ」

フレデリックの指が私の中に差し入れられて、私の体がびくりと跳ねた。いつもよりそこは熱く、物足りなさを埋めようと彼の指をキュウキュウと締めつけた。

「ふふ、シャル……欲しがってくれるんだね。いいよ、たくさんあげるから」

この上から目線の言葉にも、今は素直に屈してしまう。だって、こんなに切ない。

「ちょーだい……はやく……」

体が熱くて、いつもの太いものが欲しかった。中をグチャグチャになるまで、かき混ぜて、さらに奥を思い切り突いてほしい。

「シャ、シャルの……お、お、おねだり……ハアハア……初めての……おねだり」

いつも拒絶気味の私が積極的になったのに興奮したのか、フレデリックが性急に私の足を広げて繋がってきた。ズン、と火傷しそうに熱い塊が一気に中に潜り込むと、私の体は嬉しそうにそれを包み込んだ。

「シャル、そんなに締めつけたら、すぐに出てしまう」

「熱い……ハア……出して、いいれす……いっぱい、して」

快感に支配された頭ではもうなにも考えられない。とにかく動いてほしくて舌足らずに懇願するとフレデリックが腰を激しく打ちつけてきた。

ズチャ、ズチャ、ズチャッ！

スライムの粘液のせいか、水音が大きく部屋に響く。

ギシギシと安宿のベッドがきしむ音が加わり、その行為の激しさを物語っていた。

「くはっ、気持ちいいっ！」

「ああ、あああっ、あああっ」

「シャル、イってていいか？」

「ふあっ、イってくらはいっ……いっぱい……ふあああっ」

フレデリックが私の中で爆《は》ぜた。

しかし、体はポカポカとしたまま、火照っていた。

ちゅっ……。

ちゅっ……。

私と繋がったまま、フレデリックがキスをしてくる。私はされるがまま、舌を吸われ、こすり合わされ、顎から首に伝った唾液をフレデリックにすすられるのをぼんやりと感じていた。

「ハア……ああ、なんて可愛いんだ。俺のシャル……」

「もっと……」

体が熱い。物足りない。

いつもみたいに満たしてほしい。

「シャル！」

私のめったにないおねだりに大興奮のフレデリックはすぐさま復活し、今度は私を四つん這いにして後ろから責め立てた。

胸がブルブルと大きく揺れて、フレデリックがさらにはしゃいでいた。

「ああう、あああっ」

私は快楽に支配されて……。何度も、何度も、フレデリックを求めてしまった。

お、恐ろしい催淫効果……。

スライムはこの世から撲滅されればいいと思う。

そして、フレデリック……。

お前は許さん……。

へとへとになって、気がつけば、二人とも全裸でネチャネチャだった。動けばヌルヌルと刺激が戻されて、また気分が盛り上がってしまう。これは、いかん……。

「も、ダメです。先に体を洗わせてください」

フレデリックから離れて小さなシャワールームに逃げ込む。なんとか正気に戻らないと際限なくエッチをしてしまいそうだ。

コックをひねってお湯を出すと頭から浴びた。もうどこもかしこもヌルヌルだ。手で体をこすると乾いたスライムの粘液が水分を得てさらにヌルヌルする。

これ、どうやったら流れるのよ……。何度も手でこすっていると、シャワーの音の他にパシャリと水が跳ねる音がした。

「え……」

「待ちきれなかった……」

後ろから伸びてきた手が私の体を包み込む。押し入ってきたフレデリックは当然のように私の胸を掴んでいた。狭いシャワールームに私の逃げ場などない。

ヌル……ヌルヌル……。

「や、やああんっ」

「ほら、スライムの粘液を落とさないと……」

指が高速で乳首をはじいてくる。や、もう、また熱が上がってくる……。

「ふああん……やめっ……やだっ」

「洗ってあげてるのに？　もしかして、気持ちよくなっちゃった？」

「……ううっ、いじわるっ」

「こっちもヌルヌルを流さないとね」

フレデリックの手が秘所に回ると、指でひだがかき分けられる。時折敏感な入り口の粒をクリクリと刺激されて、スライムの粘液ではないものが中から溢れ出てくるのが自分でもわかった。

「シャル、これはスライム？　それとも君の愛液？」

「はううんっ」

「俺が欲しい？」

「ひうううんっ」

ぐっと押し入ってきた指が中で暴れまわる。かき出されるように抜き差しされて、でも、もうそれでは物足りなく思っている自分がいる。

もっと、太くて、硬いものが欲しい。

「言って……シャル」

「フレデリック、して、お願いっ」

私が懇願すると立ったまま後ろからフレデリックがズプリと潜り込んできた。それだけでイってしまった私は内ももをビクビクと震わせてしまう。

「奥もこれでこすって落としてやるから」

「ひいいんっ」

シャワーに濡れながら、激しくジュプジュプと出し入れされて、私は壁に手をついてそれに耐えるしかなかった。

うわあああん、立ってされているのに、気持ちいいよぉ……。

「シャル……ああっ、そんなに締めつけたらっ」

「ひやあああんっ」

そうしてずぶ濡れになりながらとどめを刺された。さすがにフラフラになった私はしゃがみ込み、フレデリックがタオルに包んでベッドに運んでくれた。

そのあとは丁寧に体を拭かれ、髪を乾かし、甲斐甲斐しく身なりを整えてもらったが、そんなことで許す気にはなれない。

体を支えてもらいながら宿を出た時には、あたりはもう暗く、すでに祭りは終わって、屋台も撤収していた。

綿菓子……。ふわふわの、舌の上でしゅわって消える……。

楽しみにしていたのに。こんなのあんまりだ。

なにがデートだ。結局、外のわけわかんない宿でエッチしただけじゃないか！

「その……ごめん。ついつい可愛くて止められなかった」

「うう……こんなのひどいです」

「え。でもシャルだって何度もしてってて……」

「う……」

あれは、絶対、あの変な液体のせいだし！

「ほら、今度屋敷に屋台を呼ぶから」

「いっぱい食べてもいいですか？」

「あ、そう、それ！　また少し痩せたんじゃない？　ますます可愛くて堪らないよ」

「……嬉しくない」

「食べるのは、ほら、今までの努力が水の泡になっちゃいけないから……他のものならなんでも買ってあげるよ。そうだ、来月はシャルの誕生日もある。好きなものを教えてほしい」

「その日くらいは美味しいもの食べ放題にしてください」

「わ、わかった、わかったから。あっ、ルフエ通りのゼリービーンズのショップならまだ開いているよ。それで今日は機嫌を直して」

「全種類買ってくれますか」

「もちろん」

結局私はゼリービーンズを全種類買ってもらうことで怒りを収めることにした。

ひどい目に遭った。

二度とこの男のデートの誘いなんか乗らない。ほんと、サイテーなんだから！

しかし久しぶりの人気店のゼリービーンズは顔が緩みきるほど美味しかった。

もはやこれは労働の対価である。

「あと、今日のデート最悪だったんで、許すまで子作りはしませんから」

「え……嘘だよね」

「いろいろ、怒ってます」

「シャル……」

全く、私をなんだと思っているんだ。絶対簡単には許さないからな。

それから、ワーワーこの世の終わりのような顔で謝ってきたが、シラネ。

年下だと思って、あんまり舐めるんじゃない。

ペロペロ！

三章　心の奥にあるもの

そうしてしばし安息の日々を過ごしていると、嬉しい顔が見られた。

「ようこそ、いらっしゃいました」

その日は義母のブランシェ様が遊びに来てくれた。フレデリックとの結婚で唯一よかったことはこの人が義理とはいえ母になってくれたことだった。

とてもとても優しい。そして優しいながらもかっこいいのがブランシェ様だった。実母のように私を卑しめたりしないし、むしろいつも褒めてくれる。褒め上手なところはフレデリックと親子であることを感じたりする。

義父は寡黙なのでどういう人かわからないが、どちらにせよフレデリックのご両親が私を見て嫌な顔をしたことはない。

「フレデリックがシャルロットちゃんの機嫌を損ねてしまったってしょげていたけど、なにかあったの？　なんとか仲を取り持ってほしいって青い顔してたわよ」

「あ……いや、それは」

事情はお教えできません。ええ。まさか絶倫具合が半端ないので勘弁してほしいとは言えない。

そして欲望のために私の体を求め、甘い言葉と懇願、プレゼント攻撃（ただし食料はない）、最近は泣き落としにかかってます。

「うふふ、でもあんなに狼狽《うろた》えるフレデリックは初めて見たわ。あなたが可愛くて仕方ないそうよ」

「はは、ははは……」

エッチするために必死なんですよ……。なんでも私の体（主に胸だけど！）は彼の理想だそうですからね。

そこで、ブランシェ様の後ろにもう一人いるのに気がついた。

「あ、こちらはね、フレデリックの従妹《いとこ》で私の妹の子なの。ちょうどシャルロットちゃんと同じ年だから仲良くなれるかと思って連れてきたのよ。シモーネ、ご挨拶して」

「初めまして、シモーネ・クラレンスです。仲良くしてくださいい、王女様」

フレデリックに嫁いだのでもう王女じゃないんだけど。

ちょっと棘《とげ》のある言い方だな、と思ったが、顔を上げた彼女を見て息を呑んだ。

お、お人形さん？

ストレートの美しい銀髪に青い瞳。さすがフレデリックの従妹、あっぱれと言うしかないような美人である。大きな目は零れ落ちそうで、その唇はふっくらとサクランボのようなみずみずしさであった。うはっ。これがキラキラ女子！

「嫌ね、シモーネ、シャルロットちゃんはフレデリックの奥様なんだから」

「あ、そうですね。なんとお呼びしていいかと思って」

「シャルロットで構いません」

「では、シャルロット様と。私のことはお好きにお呼びください」

うん、なんだかやっぱり棘がある。そのことをブランシェ様も察したのかちょっと焦っていた。

「ではシモシモと呼びますね」

「なっ……」

にっこり答えてやると美しい彼女の顔が歪《ゆが》んで……戻った。さすが！

「ええと……シモーネ？　きょ、今日はもうお暇《いとま》しましょうか」

「どうしてですか？　伯母様。あのみんなの憧れのフレデリックお兄様と無理やり結婚した王女様とお話がしたくて来ましたのに」

「さ、さっきまで、純粋に仲良くなりたいって言って……態度を変えるようなら、もう帰りますよ」

シモシモは急に態度を変えたようで、ブランシェ様が慌てて連れて帰ろうとしていた。

私に嫌みを言いに来たのなら帰ってもらおうと思ったが、彼女の手にある紙袋を見て気が変わった。

「お義母様、せっかく来てくださったのですもの。とっておきのお茶も用意していたんですよ？　どうぞ飲んでいってください」

ダイエット用のお茶しかないが、フレーバーの種類は豊富だからね。よければ飲んで帰っていただきたい。

「シャ、シャルロットちゃん……でも、それでは」

「ふん、いいわ、飲んでさしあげます」

「シモーネ！」

「さあさあ、こちらです」

半ば強引にお茶に誘う。ブランシェ様は私とシモシモの顔を交互に見て心配そうに様子を窺っていた。

「これ、お茶菓子です。どうぞ、お納めください」

そこでお目当てのものをシモシモが私に差し出した。

「ありがとう」

そそくさとそれを受け取ると中を確認する。やっぱり、中身は思っていた通りだ！

「ジャルディーノの限定チョコレートケーキですね！　こんな貴重な品、よく手に入りましたね」

「あら、知っていらしたの？　私には特別なつてがありますの。このくらいの手土産、当然ですわ」

「素晴らしい！」

私が褒めたことに気をよくしたシモシモはふふん、と不敵に笑った。


「フレデリックお兄様の初恋は……」

「フレデリックお兄様の初めての恋人は……」

「優秀なフレデリックお兄様は……」

「なんのつもりなの！　シモーネ、口を閉じなさい！」

口を開くたびにブランシェ様に止められているシモシモの声は小さな鳥のさえずりにしか聞こえない。

ああ、一年ぶりのチョコレートケーキとの再会。

これこれ、この味！

ん、まーい！

表面を覆うチョコレートは艶々と輝き、その上に散らされたクランベリーやオレンジの砂糖漬けがキラキラと宝石のようである。見た目の美しさもさることながら、このケーキの素晴らしさは中のスポンジの素朴さと間に挟まれるクリームの濃厚さ、そして周りを包む少しビターなチョコレートのハーモニーにあるのだ。

久しぶりの究極の味に舌つづみを打つ私。

ああ、もうこれまでの努力がすべて許されるくらいの破壊力……。

美味しい……ああ、美味しい！

「……ちゃん、シャルロットちゃん！」

意識を完全に飛ばしていた私に必死にブランシェ様が声をかけてくれていた。危ない、危ない、宇宙の果てまで思考が飛んでいってしまっていた。見るとシモシモが下を向いてプルプルと震えていた。なんだ、なにがあったのだ。

「ごめんなさいね。あなたに失礼なことばかり言ってしまって。これ以上は聞くに堪えないし、連れて帰るわ。もう二度とこの屋敷には来させないし、あとでしっかり叱っておくから許してね」

連れてくるんじゃなかったと言うブランシェ様の隣で私を睨むシモシモ。

「そんな、せっかく同い年ですし、こんな素敵なお土産までいただいたのです。是非、また来ていただきたいです。きっと私たち、お友達になれます」

嫌みとお土産のセンスを天秤《てんびん》にかけても絶対的にお土産が勝っている。それに、これを手に入れるには根回しとコネもいるのだ。これだけでどれほどシモシモが仕事ができるかわかる。これは次回も素晴らしいお茶菓子を持ってきていただきたい！

もうね、ゼリーとかはちょっとだけ食べさせてもらえるようになったけど、チョコレートとか、クリームとかは皆無でさ。ご無沙汰すぎて、ケーキの美味しさに意識が飛んだよね。

しかし、私がそんなことを言うなんて思っていなかったのかシモシモがポカンとした顔で見てきた。うん、性格は悪そうだけど、あなた、できる人だよ。

「そ、そうは言ってもシャルロットちゃん……」

「結婚して屋敷に閉じこもっていると、寂しい時もあるのです。こうやってお茶菓子を食べられるなんてとっても嬉しいことでしかありません」

「シャルロットちゃん……あなたはなんて心が広いの。でも、そうね。フレデリックは屋敷を空けてばかりだったもの、寂しかったわよね。もっと私が頻繁に来られたらよかったのだけど……シモーネ、あなた、これからは失礼なことは言わないって誓える？」

「……誓えますよ、伯母様」

シモシモの返答にはきっと反省していないだろうな、というのが透けて見えた。

けれど、そんなことは私には全然関係のないことである。

ずいぶんフレデリックの妻になった私に思うところがあるみたいだが、張り合うつもりもなければ正直どうでもいい。ヤツの初恋の人がどんなに美しくても、初カノが素晴らしい女性でも、どーでもいいのだ。ついでにシモシモが小枝のように細くて人形のように美しくてもどーでもいい。

「お待ちしていますね」

ニコニコと言う私に、それを挑戦状だと受け取ったシモシモの目は怒りに燃えていた。よしよし、これでまた私に文句を言いに来たいって思うだろう。

「次は……さぞかし美味しいお菓子を持ってこられるのでしょうね」

追い打ちをかけるように言うと、ぎりぎりと奥歯を噛んで我慢しているようだ。

どんだけフレデリックが好きなのだ。いっそ愛人になって、私の体の負担を減らしてくれないだろうか。

うーん……しかし、なんかシモシモは『大好きなお兄ちゃん盗《と》られた！』って感じだからなぁ。

体を張ってくれるとはいまいち思えない。それに、従妹で血も近いし、変に真面目なフレデリックが手を出すとは思えない……なにより胸が足りない。

ああ、フレデリックの性欲を発散してくれる人が欲しい……。

そんなことを思っていると、帰り際にブランシェ様が少し席を離れた隙に、シモシモが私に近づいてきて言った。

「フレデリックお兄様の元恋人がお兄様のことをまだ慕っているのよ。あなたのようなデブで不細工じゃなくて、それはそれは美しい人なんだから。きっとよりを戻されるわ。あなたは指をくわえて見てればいい」

「え……」

シモシモは顎を引き上げて精一杯私を威嚇してそう言い捨てて、ブランシェ様と帰っていった。

……なにそれ、最高なんだけど。顔がにやけて止まらない。

私は心の中で小躍りした。

そして、最高級のお菓子と希望の光を持って訪問するシモシモをワクワク待つ毎日。あれからシモシモは私の思惑通りに日を空けずにやってきた。

負けず嫌いなのか、私が煽《あお》ると、さらに入手の難しいお菓子を手土産に持ってくるようになった。

毎回、私がそれを食べている間に嫌みを言っているけれど、こっそりお菓子を食べるにはいい隠れ蓑《みの》となっていた。ブランシェ様はシモシモの態度に不安だったようだが、あまりにも私がシモシモを欲するので、そのうちなにも言わずにシモシモだけが訪問するようになった。

い、今日は～っ。

幻の壺プリン～。これも限定ひーん。

ほんと、毎回シモシモのチョイス、神ってる～！

私もこれを味わうために朝早くから並んだことがあるよ～。もうさ、開店と同時に売り切れるからね！　整理券もらうだけでも大変な品なのよ。

さ・い・こ・う！

「……そんな時にもグレース様はフレデリックお兄様を……って、聞いてます?」

「ウンウン――聞いてるよぉ……」

舌の上で蕩ける上品な甘みを味わいながらね〜。至福〜。

「いつも真っ赤なドレスがとっても素敵で、もうお兄様の隣に立てる女性は彼女しかいないって思ったの」

「ほうほう……」

この少し苦みのあるカラメルが絶妙なハーモニーで……。

「……本当に、聞いてます?」

「ん? その赤いドレス好きのグレース様はまだフレデリックをお慕いしているのに、どうして行動を起こさないんですか?」

今か、今かと待っているのに。いつ出てくるんだよ。

前回の最低デート騒動から、ずっとフレデリックにエッチを我慢させているんだぞ、シモシモ!

これも愛人を作らせるため……欲求不満にさせているんだから、元カノ来たらソッコーよりが戻るって。なんて策士の私!

しかし、この作戦、フレデリックを抑えるのが大変なのよ。昨日だって、昨日だってなぁ! 泣きが入ったヤツをかわすのに必死だったんだから!

そこんとこわかってんのかね、君!

「……それは、ほら、グレース様がお誘いしても、王室から迎えた妻がいるからって、お兄様が避けているって聞いたわ。相思相愛なのに、あなたが障害なのよ。お気の毒よね」

ヤツめ、そんな義理立てしているのか。なんとか、もう一度恋人関係に持っていけないものか。どうにか性欲発散はよそでやってもらって、私とは月一回に持っていきたい。数打てばできるってものでもないんだしさ。

いっそのこと「他で愛人作ってください」と言いたいところだが、それが外に漏れてみろ、「ブタの分際で上から目線でフレデリックにそんなこと言ってんじゃねえッ」って各方面から非難されるに決まっている。

ここは、フレデリックが自ら動くことが必要なのだ。

「グレース様がフレデリックに会える機会はあるのですか？」

「ええ？　あの……ええと、今度のパーティーにお兄様が参加されるなら……でも、お兄様はパーティーにはあまり出席なさらないから」

「ああ、キャロルお姉様が主催のものかしら」

「そ、そうよ」

「なら、夫婦で参加するわ。きっと私が誘えば行くと思うから」

こうなったら、引っ張ってでも連れていく！

「……簡単にそんなこと言うけど、ず、ずいぶん自信があるようじゃない」

シモシモが顔を引きつらせていた。

「とにかく、グレース様も参加するのね？」

「そ、そうよ！　きっと、グレース様の美しい姿を見れば、フレデリックお兄様も目を覚ますわ！　あなたのその余裕な態度も今のうちですからねっ」

今日もシモシモが一人吠《ほ》えて帰っていく。私はその後ろ姿を眺めながら次のスイーツはなんだろうと幸せな気分になった。

ああ、いい話と美味しいお菓子……シモシモは天使か？　ツンデレ天使だな？　見た目も天使だしな。

そして、謎の美女、グレース様の登場……どうやら未練たっぷりのフレデリックの元カノらしい。

ふふふ。

フフフフフフ。

どうにか二人きりにして、焼け木杭《ぼっくい》に火をつけるのだ……。

私は前途明るい未来にワクワクとしながらその時を待つのであった。

「シャル、帰ったよ！　俺の可愛いシャル！」

屋敷にこだまする無駄にいい声……またうっとうしいのが帰ってきたよ。でも今日は機嫌よく迎えてやろう。

「今日も早いのですね」

ガバリと抱きしめに来て、私の肉を楽しむフレデリック。怪しい動きをする前に離れるのが日課となっている。

私に構ってないで、とっととと浮気してきやがれ。

「あれ？　また誰か来ていてたの？」

「シモーネ様です」

「ああ、俺の従妹の……ずいぶん仲良くなったんだね」

「ええ。とても楽しい方です」

「うーん……楽しいような子だったかな？　シャルが明るい顔をするのは嬉しいけれど、少し……妬《や》けてしまうな」

「それはそうとキャロルお姉様のパーティーには出席するのですよね？」

「ふふ。そのつもりだよ。シャルの大切なお姉様だからね。ドレスはもう選んだ？　シャルにはピンクが似合うと思うんだ」

そうかい？　ブヒブヒ。暖色系は太って見えるんだがな。

「そういえば、シャルの誕生日がもうすぐだね。ドレスに似合う宝石とかどうかな。是非プレゼントさせてほしい」

「いえ、その日は誕生日ケーキが食べたいです」

「……ケーキか。六十キロ台になったし、国一番のケーキを頼もうか」

「本当ですか⁉」

「う、うん。そ、そんなに嬉しいの？」

「もちろん！　ご馳走も！」

「……いいよ、いっぱい用意しようね」

この時、私の体重はなんと六十六キロになっていた。

それも、これも、フレデリックに毎夜激しい運動に付き合わされたからだろう。しかしあれがダイエットになるとは認めたくはない。

十九歳で結婚してから初めての誕生日、ご馳走が食べられる日がくるなんて！

いいぞ、フレデリック、それでこそ私の夫だ！

任せておけ、昔の恋人との逢瀬《おうせ》をご褒美にしてあげるから！

美味しいものが食べられて、
私の体の負担が軽減されて、
未来が明るく見えてきたぞ！

その時、私はすべてが上手くいくと思っていた。ビッグウェーブが味方になったと、疑いなく信じていたのだ。


「……奥様、ちょっとドレスが」

「え？」

「……きつくなっております」

姉のパーティーが近づき、私は出来上がったドレスを試着していた。

「嘘……」

テティの重い声で、私は最近の自分の食生活を振り返った。

朝も軽めの食事、昼は相変わらずドロドロ野菜ジュース、夜はお肉メイン。順調に体重は減っていたはず。現にドレスの採寸をした日に量った体重は六十六キロで、フレデリックにも褒められていたところだった。

この一週間あまりでなにが？

あっ。そこで私は至福のティータイムを思い出した。

究極のスイーツの数々……（ただし悪口つき）。

「お兄様にも」と多めに買ってきてくれるお土産はすべて私のお腹の中である。

「……こっそり、ドレスを直しておこう」

ギュッと目をつぶった私は、瞬時に太った現実に蓋をしてなかったことにすることにした。どうせ一、二キロくらいどうってことない。

「旦那様にバレますよ？」

「いいよ、ちょっとくらい。それに私だってご褒美ないと頑張れないよ」

フレデリックの夜の激しさを知っているテティはその言葉ですべてを悟ったようだった。実は毎回こそこそシモシモが持ってきたスイーツを全部食べてから箱を捨てているのが、テティにバレてしまっていたのだ。

黙っていてくれるのは食べることがなによりも好きな私を知っている、テティなりの優しさなのだと思う。

少々太ったって、フレデリックとメイサにバレなければいい。ストレスが一番よくないのだから。それに最近気が緩んだのか、あの二人は私が体重の自己申告をするだけで満足しているのだ。彼らは私に五十キロ台になってほしいようだが、こんなに痩せたのだから、十分、十分。そろそろご褒美がないとやってられない。

しかーし、このダイエット地獄から抜け出す時も近づいてきていた。次姉のキャロルが開催するパーティーで、フレデリックに元カノとよりを戻させるのだ。

きっと美しく着飾った（シモシモ情報）彼女を見て、フレデリックは私と結婚したことを心底後悔して、恋心を再燃させるだろう！　そして私に興味のなくなったフレデリックはダイエットにも無関心になるっていう計画だ。どうよ、この完璧なシナリオ。

シモシモの話では、フレデリックはなんと私との結婚のために彼女と泣く泣く別れたというのだ。

これは使える。

離婚してあげられないのは申し訳ないが、公認して、生活の保障はしてあげよう。なんとしても、私の休息のためにその愛を貫いてくれ。

そうしてパーティー当日、フレデリックは美男子ぶりを惜しみなく発揮していた。

＊＊＊

「シャル、この世で一番綺麗だよ」

いえ、この世で一番美しいのはあなたです。

どこかのおとぎ話の鏡にでもなった気分で心の中で答えた。

フレデリックのうすら寒い誉め言葉を聞きながら、彼のエスコートで姉のパーティーに参加した。

彼は騎士の正装をしていた。銀髪がキラキラと光り、白地に金の刺繍の衣装が、なんだそれ反則だろってくらいに似合っている。そりゃ、キャーキャー言われるわ。

んで、私はピンクのブヒブヒドレス。ええ。旦那様が選んでくれたのですもの！　ひと回り体が大きく見える、暖色&ひらひらボリューミーなデザインでしてよ！　私の体の線を他人に見せるのは我慢ならないのですって！

ブーヒッヒッ～（オーホッホッ～）！

さ、戦闘服は着込んだし、いざ、会場へ！

まだ見ぬ（なんかこれ前にも言ったような……）元カノよ！　私の前に現れるがいい！

フレデリックの腕にぶら下がるようにして歩きながら、私は元カノグレース様を探していた。

彼女は赤いドレスの黒髪の美人らしい。

うん、銀髪のフレデリックとお似合いじゃないのか？

あんなに自慢していたのだから、きっとシモシモが一緒にいるはず……。キョロキョロしているとフレデリックがちょいちょいと頰をつついた。

「誰か探しているの？　俺にも構ってくれないと」

見上げるとデレデレとした顔で私を見ているフレデリック。最近この顔が板についてきた。公衆の面前で頬をつつくとかやめてほしいんだけど。露骨に嫌そうな顔をするとちょっとシュンとしていた。

その時、シモシモを探していると答えようとするより先に、会場に「キャーッ」という黄色い声が上がった。

なんだ、なんだ？

こちらを凝視している無数の目と、フレデリックとを見比べていると、

「どうやら、俺たちの仲の良さにみんなが驚いているようだよ」

と耳元でささやかれ、さらに「キャーッ！」と悲鳴のような声が上がった。俺たちの仲の良さ？

私が驚くとこなんだけど。さらにフレデリックが私の腰に手を回すと、バタバタと倒れる女性まで出てきた。

お忙しいことである。

意味がわからない。

とりあえず、腰に回った手をどかしてくれないだろうか。本気でフレデリックの手を腰からひっぺがそうと思った時、目的の人を見つけた。

「シモシモ〜！」

私が手を上げてアピールするとシモシモはこちらを見て青ざめていた。

ん？

不思議に思って、その視線の先を追うと、シモシモを睨みつけるフレデリックがいた。

ひえっ！

視線だけで人が殺せそうなんだけど！　そしてフレデリックはシモシモに視線を向けたまま、低い声を出した。

「シャル……シモーネを『シモシモ』って呼んでいるの？」

「は、はい。そうですけれど……」

急にその場が氷点下になった。なんだ、なにをそんなに怒っているのだ……。

「俺には愛称がないのに？」

「え」

言葉尻が震えていて、ただごとではない……のだろうけど。

は？

いやまさか。そんなしょーもないことで、天下の白鷺の騎士団の副団長フレデリックが不機嫌に？

ありえないよね。

「シャル……これは、由々しき問題だよ」

んなバカな。しかし、フレデリックは本気のようだった。こんなことでショックを受けるとか、もう、わけわかんねーっ！

お前、こんなに面倒な生き物だったか？

散々私のこと放っておいたじゃないか。

いろいろなことが私の頭の中に渦巻いたが、今この場の雰囲気が悪いことには変わりなかった。

「……フレデリックは愛称が欲しかったのですか？」

不本意だが聞いておく。あとでねちねちそれを理由に責められるのはうんざり。淡白に見えるらしいが、この男、わりと根に持つ。

「そんな聞き方はないと思う。俺はいつだってシャルとより親密な関係になるように努力しているだけだ」

「あーハイハイ」

「俺の方があなたに近い関係なのに、どうして最近出会ったシモーネが『シモシモ』なんて親しく呼ばれているの？」

「え」

変なこだわりで駄々をこねだしたフレデリックに驚いたのはシモシモだった。まさか、あの完全無欠なお兄様がこんなちっせぇことにこだわっているなんて思わないだろう。

はあ、ほんとに……。

「じゃあ、リックで」

「え？」

「これからリックと呼びます」

「シャ、シャル！」

感激することかよ。これでいいんだろ。ほんと、自分の思い通りにならないと駄々こねる、面倒な性格してるからな。

そんなやり取りをしているとシモシモのその後ろに女性が立っていることに気がついた。

あっ！

もしかして、グレース様では⁉

じっと眺めると真っ赤なドレスを身にまとった黒髪の女性がこちらに気づいて前に出てきた。

聞いていたけどいつも真っ赤なドレスなんだ？

「お久しぶりです、フレデリック様」

にっこりと笑った美人……。あれ？　シモシモとか、フレデリックとか見てから見るとそんなに美人に見えない。うん……まあ、美人？　くらい。比較対象があるって怖いことなんだな。

ほら、母よ、こういうことになるんだって。頑張ってスタイルが良くなっても、所詮、レベチの人間を前にするとその辺の石ころだって。

おっと、気がそれちゃった。今はそんなことはどうでもいい。フレデリックに彼女が魅力的に見えたらそれでいいのだから。そう思ってフレデリックを見上げるとジッとこっちを見ていた。

「……フレフレでもいいよ」

――うるさい、黙れ。愛しの元カノが挨拶しているだろうが！

「リック、こちらの女性が挨拶されていますよ？　お知り合いでしょう？」

私がフレデリックの意識をそっちに向けると、それにギョッとしたのはシモシモだった。

「え？　ああ」

喜ぶかと思ったフレデリックが思い切り眉間に皺を寄せたので、挨拶してきた女性はたじろいた。

「なにを思って私と妻の前に姿を現したのかな？」

「お、お兄様……グレース様は」

「シモーネ、あなたとグレースが知り合いだったなんて知りませんでした。これはあなたが仕組んだことですか？　私たちを不快にさせることが目的で？」

「え、えっと」

「……俺はシャルに正直でいようと思う。グレースは俺と付き合ったことのある女性だ」

堂々と宣言するフレデリックは正直者すぎる。誤魔化すような卑怯な人じゃないのだろうけれど。

「はあ、そうですか」

「懇願されて付き合ったが、仕事が忙しい時に『私に構ってほしい』と職場まで押しかけてきて大迷惑して別れた。もちろん納得して別れたんだ。ほら。こんなところもシャルとは大違いだ」

妻の私に気を遣ってくれるのはありがたいが、人と比較するような物言いはよくないと思う。あとで説教だな……。しかしその言葉に反応したのはグレース様だった。

「あの時のことは反省しております！　ですが、本当に私はフレデリック様をお慕いしていて……」

「反省している人間が、妻を持った私の前に現れるとは思えません。私は騎士であることに誇りを持っています。みなの命を預かり、民を守っていると自負している。それを理解している人間としか付き合うつもりはありません」

フレデリックがきっぱり言うとグレース様は絶望的な顔をしていた。

……聞いていたのと違うぞ。

おいこら、フレデリックとグレース様は私の結婚のために別れて、未練たらたらだったんじゃ？

私がシモシモを見ると彼女は青を通り越して白い顔をしていた。

「のこのこ挨拶に来て、どういうつもりです？　まさか、私の妻の品定めに来る下種《げす》な輩《やから》と同じではありませんよね？」

ギロリとフレデリックに睨まれて、グレース様もシモシモもブルブルと震えている。

おかしい……。

ここはフレデリックが元カノと再会して愛が再燃する流れだったのでは。グレース様がフレデリックに挨拶に来て、アイコンタクトを取った二人があとで落ち合って……。

という想定をしていたのだが。

「シャルロット……私の妻は、婚約してから一度も私の仕事を咎《とが》めたことなどありません。長期で留守にしても、急に出動しようとも、一言の嫌みすらありません。いつも、彼女は快く私を送り出してくれていました。王女であった彼女の国を思う気持ちは私と同じです。こんな素晴らしい伴侶を持って、私は幸せ者です」

あ、と思ったら、フレデリックが熱弁をふるいだした。

これ、お酒入るといつも言いだすやつなんだけどさ。うわあああ。こんなところでおっぱじめちゃったよ……。

半分合ってるけど、大半は屋敷にいられても困るから『早く仕事行け』って言ってるだけだからね。美化してくれるのはありがたい。しかしこんなところで言いだすのはやめてくれ。褒め上手なのは認めるけど、披露するのは屋敷の中だけにしてほしい。

大体、こんなこと言いだしたのも、エッチしてからだよ？　感じ悪いよね〜。本当は興味なくてほっといたくせに。

ほら、知らない人はなんか美談にとらえて涙ぐんでんじゃんか。

いつの間にか騒動を見に野次馬やフレデリックのファンが集まっていた。カリスマ性も持ち合わせているのか、うっとりフレデリックの話をみんなが聞いている。

「今一度、宣言いたします。私は妻に悪意を持って接する者に容赦はしません。以後、言動には責任を持っていただきたい」

大きな声でフレデリックはそう宣言し、私の腰を抱いた。その姿を見ていた人々もなんだかほっこり感動しているふうである。ああ、こんなはずでは。

目の前のグレース様は白目こそむいていないが、魂の抜け殻となっていた。

なんてこった……私の期待を返せ。

せっかく禁欲させていたのにどうしてくれる……。

私は今夜のことを思い浮かべて作戦変更し、フレデリックをおだててお酒を飲ますしかないと思った。

ふう……。

当てが外れて力が抜ける……。愛妻家としてフレデリックの株が上がっただけだった。あんなこと公言したら、愛人候補が来なくなるじゃん……。

がっかりした私はグレース様を歯牙にもかけずに撃退してしまったフレデリックと、パーティーの主催者である姉のもとへ挨拶に行った。

その時にはもう、グレース様の姿は見当たらなかった。

「本日はお招きありがとうございます」

フレデリックが姉の夫カール・ライオネス侯爵子息に声をかける。姉の隣に立つその人は優しそうな人だった。

「おお、これはコンスル伯爵夫妻ではありませんか。先日はキャロルがお邪魔しました。今日は楽しんで帰ってください」

——これが甘い言葉をささやいてくれて、嫌がったらやめてくれる夫……。一晩の最高回数が二回で済む人……。

声まで温厚そうだ。羨ましい。うちの夫は嫌がってもごり押しで「もっと」と言わされる。快楽漬けでもう始まったら抵抗なんてできない。

羨望の眼差《まなざ》しを向けているとフレデリックが腰に置いた手に力を入れてくる。

なんなんだよ。もう。視線をフレデリックに戻すと満足そうなのが腹が立つ。

「なんていうか、前に聞いた時は嘘でしょ～って思ってたけど、本当に愛されてるのね」

そんな私たちを次姉のキャロルが憐《あわ》れんだ目で見ている。

今思ってることがわかるよ。『いくらフレデリックでも、一晩で四回はきついわ～』って顔してるもん。

「ええ。相思相愛なんです」

なんて平然と言うフレデリック……。その自信はどこからくるんだ。その甘い微笑みを見てキャロルがポーッとしてうっとりしている。でもだからって私のことを羨むことはないだろう。絶倫なんて話を聞いているだけでいい。

「シャルは最高の私の妻です」

口を開くな。私を褒めなくていい。くそう、くっついてくるんじゃない。早くお酒飲ませてへべれけにしなければ。

当初の目的が消えてなくなった上に、会場を歩きまわって謎の夫婦ラブラブアピールすることになってしまった。これも仕事のうちだと思って致し方なくフレデリックの隣で笑った。

けれど、フレデリックの目が私の体を舐めるように見ている。私にはわかる、これは酒に酔ってトロンとした目ではない。私の胸に夢中になっている時の悦に入った顔だ。

「ひいっ」

「どうかしましたか?」

私が小さく声を上げるとフレデリックと談笑していた相手が私に声をかけてきた。

「いえ、なんでもありません。オ、オホホホホ……」

まさか腰に触れていたフレデリックの手が怪しく動いたとは言えない。さりげなくだが、だんだんとボディタッチが増えている。ヤバい。ヤバいぞ。

ああああっ！　グレース（もう様なんてつけてやらない）！　なんというポンコツ！　もっと粘らんかい！　私の努力を水の泡にしてくれちゃって！

シモシモ！　そもそもなんの情報だったんだ！

結局、問題解決は自分でしなくてはいけない。他人に頼ろうとした私がバカだった。屋敷に帰りたい……。なにも考えずにすべてを放棄して寝てしまいたい。

しかし、そんなことを言おうものなら即屋敷に戻り、激しく抱かれてしまいそうだ。

こんなことなら禁欲させずに少しは発散させておけばよかった。

なんてこった……。

このあと、なにが起こるか想像するだけで恐ろしい。さすがに拒むのも限界がきている。

「リック、喉が渇いたでしょう？」

「俺の世話は焼かなくていいんだよ」

そう言いながらもデレデレ私からワインを受け取るフレデリック。このままドンドン飲ませて、今夜は使い物にならなくするしかない。

さすがに深酒した日は疲れて寝るからな（初夜で立証済み）。

「いやあ、夫婦仲が非常によろしいようで、羨ましい限りですよ」

口々に賛美されるが、幻の夫婦仲です。

隣でニヤニヤすんなや。さあさあ、飲め、飲め。

しかし、ここでお酒を飲ませすぎた支障が出てきた。

「コンスル伯爵は奥様のどのようなところを気に入られたのですか？」

そんなことを聞く輩が出てきたのだ。

ほろ酔い気分で嬉しそうなフレデリックに嫌な予感しかしない。

「もちろん、普段から支えてくれるところもそうですが、もう、どこもかしこも最高で」

「わ。わーっ！」

黙れ、なにを言いだす！

私が誤魔化そうと組んでいたフレデリックの腕を両手でギュッと掴むと、上に乗っていた方の手を彼に取られた。

わ……。

あらあら……。

キャーッ。

とか会場のあちこちから声が聞こえた。

酔っ払ったフレデリックは私の手の甲にみんなに見せつけるようにキスをした。

「この白く柔らかく、心地いい存在はこの世のものだとは思えませんよ」

そのまま頬を擦り寄せるフレデリックの色気が爆発した瞬間だった。

ハア〜……という声とともに、バタン、バタンとあちこちで人が倒れる音がした。

「この世のものだとは思えないほどの心地よさ？」

こらっ、お前も聞き返すな！

「ええ。一度味を知ってしまうと……虜《とりこ》です」

「ひいいいいっ」

そのまま今度は手の甲をぺろりと舐められる。次はあちこちから「ゴクリ」という唾を飲む音が聞こえた。

私を見るみんなの目が怖い……。ヤメロ！　こっちを見るんじゃない！

もう、勘弁してください。私が悪かったです。

浅はかな考えでフレデリックに浮気させようとした、私は愚かな子ブタです。

ブヒブヒ……。

反省した私はフレデリックにお水を飲ませて、「屋敷に早く帰りたいです」とお願いした。

その言葉にフレデリックが大興奮で私を抱えた。

「ひえっ」

「すみません、妻が気分が悪いと言うので屋敷に戻ります。本日はありがとうございました」

フレデリックが簡単に挨拶を済ませて向かったのは馬車である。帰る時間にはまだあるのに突然戻ってきた主人たちに御者も目を見開いて驚いていた。

「すぐ出せるよな？」

「は、はい」

短く御者に告げてフレデリックはドアを開ける。下ろしてほしいのに私はまだ彼に抱えられたままだった。

「いいか、一秒でも早く屋敷につけてくれ」

フレデリックは御者にもう一度声をかけ、私を抱いたまま馬車に乗り込む。

ひ、ひえーっ。

腰に回った手は力強く私を離さないと言わんばかりだ。

「シャル、ねえ、どうしてあなたはそんなに可愛いのかな」

「あー、ハイハイ」

相変わらずの誉め言葉に適当に返事をして、フレデリックの状態を確認する。

すでにハアハアと息が荒い。顔が赤いのと目が血走っているのはお酒のせいだと信じたい。

これは……ガチでヤバい。

ダメだ、禁欲させたせいでこんなに暴走するとは思っていなかった。なんか、お尻の下にフレデリックの三本目の足が当たってるよう！　ガッチガチでごっりごりだよう！

いつもよりフレデリックから性的興奮を感じて冷や汗が流れる。

バタン……。

馬車のドアが閉まった瞬間からフレデリックの腕の中に囲まれた。そしてそのまま、耳やら首筋やら、キスされまくる。

ちゅっ。ちゅっ……。

「ね、帰りたいってことは許してくれるんだよね？　ずっと我慢したよ？」

「え、えと……」

手の甲にキスをしながら上目遣いで見てくるフレデリック……。

「この白くて滑らかな肌に今すぐ吸いつきたい……いいよね？」

「待って、屋敷に着いてから」

赤くなった目元が超絶色っぽい。

む、むせる、色気にむせそうだ！　できればこの超興奮状態からの夜の営みは回避したい。

けど、ずっと我慢させていた自覚もあった。

これ以上拒んだら、どうなる？　私、死体になっても抱かれてしまいそうだ。

「じゃあ、ちょっとだけ味見させて」

「だ、だって、ここ、馬車の中……」

「誰も見てないよ。我慢しすぎておかしくなりそうなんだ。だから……」

「ちょ……ちょっとだけなら。や、優しくね……」

「もちろんだよ！」

「む、むぐーっ！」

そう答えると唇が塞がれて、激しいキスが始まった。

「ハア、シャル……この感触……ハア……ああ、どんなに焦がれていたか」

「は、はうっ……ん、んんんーっ」

揉みしだかれる胸……。

ちょ、ちょっと！

馬車！　馬車の中！　それに、優しくって！

ぎゃあああっ。

ブチッ！

太って急遽継ぎ足した布が少しの力で破けてしまう。簡単に背中のボタンが飛んで、上半身が露《あら》わになった。

うう、防御力が。防御力があああっ。

ポヨン、と出てきた私の胸を見て、フレデリックの目の色が変わり、ランランとしだした。

これ、あかんやつぅ！

「ずっと……ああっ」

「いやんっ、ま、待ってっ」

暴走フレデリックは止まらない。そのまま私の両胸を寄せると先端を口に含んだ。じゅうっと吸われて、ビリリと快感が走る。

「この、ボリューム……！　堪らないっ」

「はうんっ、や、あ、んんっ」

なんとか落ち着かせようとヤツの肩を手で押してもびくともしない。見るとピチャピチャと夢中で私の胸を吸うフレデリック……。もう彼に理性が残っているとは思えなかった。

ヤダ、もう……。

性欲溜《た》めるとこんなことになっちゃうの？

しかも、私も久しぶりで感度が……。

感度がいいいっ！

「シャル……、我慢できない」

「ハア、ハア、ハア……」

「ね、少しだけ入れさせて」

「ハア、ハア……ひぃんっ」

味見だってどの口が言ったんだか！

素早くパンツが下ろされるとフレデリックを跨《また》いで抱きしめるような恰好にされる。その間もヤツは私の秘所を探っていた。

クチャクチャと私の下半身はフレデリックの指技に溺れて大洪水である。

アリエナイ……。

でも、気持ちよすぎる。

ここまできて、抵抗できるわけがなかった。久しぶりの情事に感度が上がりに上がって、私も抑えきれなくなってきた。

「腰を浮かせて……シャルが迎え入れて」

熱に浮かされ誘導されるまま、フレデリックを自分の中に収める。

「くっ……」

フレデリックの悩ましい声が聞こえた。

馬車の揺れも手伝って、上下の刺激が体に伝わる。

「かはっ」

ヤバい……入れただけで気持ちいい。

「シャル……」

声に導かれて、フレデリックとキスをする。舌を絡ませていると凸凹《でこぼこ》道に差しかかったようで、馬車の揺れで中が跳ねるようにこすれる。

「んはぁっ……」

しびれるように気持ちいいけど、物足りない。フレデリックも同じ気持ちだったのか、回した手に力が入った。

「シャル、動くよ」

その声にコクコクと頷くと下からズン、と突き上げられる。待っていた快楽が頭の中をバカにしてしまう。

「ひゃっ、あ、ああっ、ふか、ふかいいぃっ」

「ああ、気持ちいよ、シャルッ」

「ハア、ハア、ハアッ」

「ねえ、もうイってもいい？　シャルの中に、ぶちまけてもいい？」

「リック……、イって、私も……ハア、ハア」

「もう、可愛すぎるっ。イクよっ」

激しく下から突き上げられて、私はフレデリックを抱きかかえるようにすがった。

「はあっ、お、おっぱいが、て、天国っ」

「くうっ」

「シャルッ」

「ああああっ」

そうしてフレデリックは私の胸に顔をうずめながら私の中で爆ぜた。

ビュクビュクといつもの射精より長い……。

「ふああんっ……」

ドン、と腰を押しつけられてお腹いっぱいになるまで中で出された。

二週間のつけって恐ろしい。

そして、落ち着いた頃には猛スピードで走っていた馬車は止まっていた……。

「あ、あの……と、到着しております」

私たちが一段落ついたことを察したのだろう、か細い声がドアの向こうから聞こえてくる。

御者にすべてを聞かれて死にたかったが、そうもいかない。きっと彼も死にたい気持ちで待っていたはずだ。

半裸だった私はフレデリックの上着に包まれ、抱き上げられて屋敷内に運ばれた。どんな時も堂々としているこの男に感心はするが、尊敬はできない。

そのまま二人ともまだくすぶった熱を持ちながら、もちろん、寝室に直行だった。

その夜は……大暴走のフレデリックに散々抱かれた。

私は極限まで喘がされて喉を嗄《か》らし……今回の作戦の失敗を痛感した。

二度と……二度とフレデリックに禁欲なんてバカな真似はさせてはいけないと心に刻んだ。


それから三日後に肩を落としたシモシモが屋敷を訪れた。

パーティー前には毎日のように訪れていたのに、待ちわびたぞ、薄情者！

色欲魔人にいいようにされた私は早速シモシモに不満をぶちまけた。

「あのさ、もっと根性のある元カノを紹介してほしかったわよ。それに、未練があるのはグレースだけじゃない」

私は敬語も取っ払って、シモシモに説教した。

期待を裏切った罪は重いと思う。

「ごめんなさい。まさか、あんなにお兄様があなたに夢中だなんて思ってもみなかったの。反省してます。あなたほど愛国精神と聖母のような広い心を持つ人はいません」

「ん？」

ツンツンしてたシモシモどこいった？

大袈裟《おおげさ》に謝ってきたシモシモを不思議に思って首をかしげると、シモシモはなにかを思い出したのか膝の上で心もとなさそうに組んでいた手を動かした。

「な、なにかあった？」

「コンスルの屋敷への出入りが禁止されて、フレデリックお兄様に叱られました。二時間、正座でずっとあなたの良いところを聞かされました」

「え」

なにその地獄絵図。

「お説教の合間に『シモシモだって？』とかよくわからないことまで責められました」

「さ、災難だったね……」

「私が悪かったのです。お兄様の溺愛するシャルロット様にひどい態度を取った上に、パーティーで元カノを会わせるようなこと……。ごめんなさい」

「い、いいよ、大したことじゃないし、気にしてないから」

「……お兄様の言う通りだわ。なんて心根の優しい人なの……」

シモシモが目を潤ませる。銀色の長いまつ毛が水気を帯びてキラキラと光る様は、思わず魅入ってしまいそうになる。

絶世の美少女は絵になるなぁ、なんて思ってしまった。

「今日は謝罪に伺ったのです。不快であるならもうここには来ません」

「なっ」

そ、それは困る！　シモシモのお菓子のセンスと情報網は半端ないんだって！　焦った私はシモシモを説得にかかった。

「シモシモ、私はずっと（美味しいお茶菓子を持ってくる）お友達が欲しかったの。この屋敷は私一人では広すぎるわ」

「……シャルロット様」

「シャルでいいわ。もうここに（お土産持って）来ないなんて言わないで」

私の言葉に顔を上げた美少女シモシモはキラキラしていた。

ま、眩しい。

さすがフレデリックの従妹。

「ああ……許してくださるなんて。私はなんて愚かだったんだろう。では、是非シャルと呼ばせてください」

「敬語もいいよ。私もやめちゃったし」

「……うん。シャル。今までの罪滅ぼしにあなたの役に立ちたい」

ん？

「正直に言うわ。シャルの外見は中の上よ。磨けばもっと可愛くなるかもしれない」

んん？　なんかとてつもなく失礼な言い方だな。なにか天啓を受けたかのように調子づいたシモシモはいつものシモシモだった。

「私が、シャルをフレデリックお兄様の隣で恥ずかしくない姿にプロデュースするわ！」

「ストーップ！」

これ以上わけわからんことするな！

本気で迷惑だわ！

「どうして？　シャル。これでも私、センスには自信があるわ」

「いや、そうじゃなくて」

シモシモはお菓子要員だってば。母やメイサの輪に入ろうとしなくていい。

「自分を卑下することはないわ。あなたにはこれだけ意地悪した私さえも受け入れる大きな心がある！　お兄様を夢中にさせるすごい女性なの」

「確かに、広い心があるのは最近気づいてたけど」

あんたの大好きな従兄《いとこ》のお陰でな！

「私、生まれ変わります。国のためを思い、お兄様を全方向から支えようとするあなたを、そここの見た目に仕上げてみせる！」

「ちょこちょこひどいこと言うのやめてくれないかな」

「今日はこれで帰るわ。シャル、楽しみにしていてね、私の親友！」

楽しみにしているのは持ってきてくれるお菓子なんだけど。

もういい。

突き抜けた美形は人の話を聞かないって学習したよ。

てか、親友ってなんだ。そこまでなった覚えないぞ。また面倒なのが増えたな……。

ため息をついて、しかしシモシモが持ってきた紙袋を開けた。

今日はいつもの豪華な袋と違ってとても素朴なものだった。

中に入っていた紙包みもそこら辺の紙っぽい……。

ま、まさか……。

「こ、これは！　この季節しか出さない限定スイーツ……ドラゴンの里と言われるハンナカンナ地方でしか買えない有名なパウンドケーキ……」

さすがにこれは噂では聞いていたけれど、食べたことはなかった。

このパウンドケーキに入っている果物が特別なもので、ドラゴンの好物とされている。その土地にわざわざ出向かないことには入手が困難なのだ。

「シモシモ……やはり、できる子」

早速、包みを開けると、もうすでに期待のできる甘い香りがしてきた。フォークで刺せば、少し堅めの生地にぎっしりと果物が入っている。それはリンゴのような、しかしクリームのようなどっしり感。高鳴る期待を抑えながら口に運ぶと、舌の上でいい意味での個性ある素材たちの主張が重なり合う。

う、

うまーっ！

なにこれ、幸せすぎる！

甘酸っぱい果物に、少し堅く素朴な粉の香りもよく合う。鼻に突き抜ける極上の甘い香り……濃厚で上質な焦がしバターがまた、なんとも言えない。

そうしてパウンドケーキは一本丸々私のお腹に収まった。

はあ、最高！

これなら親友でもいい！

私は食欲と引き換えにシモシモを親友と認めることにした。

あと、言葉遣いが砕けるとメタモルフォーゼする家系だとわかった。

＊＊＊

——さて、みなさん、一か月後に二十歳の誕生日を迎えるシャルロットです。怒濤《どとう》の一年があっという間に私の脂肪とともに消えていきました。結婚するなんて露も思わず、まさか自分が痩せることになるとも思いませんでした。そして、今非常に困った事態になっているのです。

……思わず脳内で知らない誰かに呼びかけてしまった。

それもこれも、私は今無理難題をつきつけられているからだ。

「シャル、欲しいものを言って。もちろん、ご馳走以外にね」

そんなことをデレデレした顔で言い残したのは一応私の夫であるフレデリック。

昨晩は大変満足したようで、今朝はさわやかな笑顔で出勤していった。禁欲生活を経て、先のパーティー後は夫婦生活を戻し、一週間に三回までと約束させた。

あれはひどい目に遭ったからね！　最後の方なんて泣いてるのに突っ込まれたもん。まあちょっと快楽に溺れちゃって、私もノリノリだったたのは認める。

本当は結婚当初の言葉通りに最低限の回数にしたかったが、これにはヤツが「これが今、俺にできる譲歩」とか言いだして聞かなかった。駄々をこねるとか、子供かよ。

しかしフレデリックも騎士という命を張る仕事をしているので、いつどうなるかなんてわからない。私が意地を通して大事な子孫を残さないのはまずい。仕方がないから、そこはこちらも譲った。

……進歩しているのか、後退しているのかわからない約束である。

まあ、そんなこんなは置いておいて、目下の問題はフレデリックにねだるプレゼントである。

私が欲しいものは食べるものしかない。でもそれはちゃんと用意してくれるらしい。

新しいドレスも、宝石も、特に欲しいとは思わない。自慢じゃないけど、王女といえど放置されていた末っ子五番目。物心ついてから誕生日をまともに祝われたことはなかった。

聞けばフレデリックは家族を中心に親戚を呼んでワイワイと誕生日を祝ってきたようだ。

誕生日はテティが用意してくれたご馳走とケーキを食べる日でしかなかった私とは大違いである。

次男の兄（四番目）まではかろうじてパーティーをしていたが、私は次兄のように目立つことは嫌いだし、パーティーは断っていた。どのみちパーティーが開かれても、両親はめったに来ない。

家臣が選んだとしか思えないプレゼントを形ばかりに送りつけられるのは虚しいだけだった。

それに欲しいものはその都度訴えれば大抵のものは手に入った。だから、ただ年を重ねるだけの日をどうしてそんなに大層に祝うのかわからないのである。

「欲しいものを考えないといけないのがこんなに面倒だなんて……」

「準備は任せてほしい」なんてフレデリックは言っていたが、そもそも誕生日パーティーもしなくていいのにな。

憂鬱な気分でいると、屋敷にシモシモが訪れた。


「そんなの、宝石でも、ドレスでも、好きなものをもらえばいいじゃない！」

「でも、別に欲しいものなんてないし」

「物欲ないの？　驚いてしまうわ……。本当に想像ができない人ね、シャルって」

「シモシモなら、なにをリクエストするの？」

「そうねぇ、妖精の羽の粉とか、人魚の涙とか、美容に使えるものかなぁ」

「あ……そっち系もありなのか」

「スライムの粘液も肌がつるつるになるって聞いたけど、みんながそれはダメだって言うのよねぇ」

「うん、それはやめておいた方がいいよ」

あれは大人の夜のお供の粘液だからさ。

ちょっと前の清い自分とシモシモが重なった。スライムの粘液がなんたるかを知っているなんて、
ああ、薄汚れちまったなぁ、私……。

「やめた方がいいってシャルはどうして知ってるの？」

「ちょっとした毒の効果があるみたいだね」

「ふうん。シャルは物知りなのね」

「美容も興味ないしなぁ……」

「なんでよ、綺麗になりましょうよ。ほら、今日もパックしてあげるから」

「えー……いいよ。でも、あの美容ジュースは気に入った」

「ビタミンたっぷりの果物ジュースね！　そうでしょう？　もちろん今日も持ってきたわ」

「さすが！　シモシモ！」

「まあ、でも、お兄様なら、ドラゴンの角でもなんでも取ってきてくれそうだけど」

「ドラゴンの角なんてなにに使うの？」

「滋養強壮？」

「ちょっと惹《ひ》かれるけど、恐ろしいほど苦労してそれ？」

命かけて、滋養強壮とかないわー。

「そういえばそうよね」

うんうんとシモシモが私の意見に同意してくれた。でもフレデリックが苦労して角を取ってくるのを想像するのは笑える。

「そうねぇ、あと今流行っているのは……あ、ペットとかどう？」

「ペット？」

その言葉に私は想像してみた。可愛いモコモコしたペットが私を癒してくれたら、どんなにいいだろうと……。

「いいね、ペット」

そうして私はフレデリックにねだるものを決めた。やっぱりシモシモってセンスがいい！

早速その日、帰ってきたフレデリックに私はリクエストした。

明日から国境近くを見まわって三日ほど帰らないというので先に言っておくことにしたのだ。

「リック、私ペットが欲しいです」

「ペット？」

「はい」

「具体的には？　馬とか？　犬とか？　猫？」

「うーん。室内で飼えるもので、モコモコしていて小さくて可愛いならなんでもいいです」

「漠然としてるな」

「ペットを飼ったことがないので、種類はリックに任せて世話をしやすいものをお願いしようかと」

「なるほど。いいよ。俺の実家はいろいろと生き物を飼ったことがあるから、シャルにぴったりなものを探してくるよ」

「楽しみにしています」

「……シャルからそんな言葉を聞くと新鮮だな」

「あはははは」

漠然とペットが欲しいものの、実際になにがいいのかはさっぱりわからなかった。なにか可愛くて、癒されるものが欲しい。

ご飯を食べさせたり、湯に入れたり、一緒に寝たり……。うわ、最高じゃない？　考えてみたら王城はペット禁止だったから、チャンスかも。

こんなところにもフレデリックと結婚してよかったことがあったなんて！

「……広い屋敷にあなた一人では、寂しいよな」

「え？」

「いや、明日から屋敷のことを頼むよ」

「はい」

ちゅっと頭にキスをされてそのキザさに身が震えた。

そうして悩んでいた誕生日プレゼント問題も解決し、フレデリックは三日ほど屋敷を留守にした。

＊＊＊

「奥様……さらに太っています」

「え」

誕生日前日、届いたドレスを試着しているとテティにそう告げられた。

「背中のボタンが留まりません」

まさか、嘘だろ。朝の散歩も続けてるし、ストレッチだって欠かさずしている。シモシモが持ってくるお菓子を食べているのは自覚しているけど、それだけだ。

他のメニューは同じだし、前ほど食べているわけじゃないのだからそんなに増えているはずが……。

恐る恐る、乗っていなかった体重計を引っ張り出して前にする。

どうする、乗るか？

ええい、と久しぶりの体重計に乗った。

あれ……。

おかしい。この体重計、壊れている。もう一度私は足を乗せる場所を変えて乗ってみた。

……。

……。

それから幾度となく乗ってみたが、私の体重は七十二キロになっていた。

あれ？　ぐるぐると世界が回って見える……。

六十六まで落ちてたよね？

六キロもどこから湧いてきた？　おかしいよね？

「奥様？」

下着姿で体重計の上でしゃがむ私にテティが心配して声をかけてくれる。

「テティ……前に着ていたドレスは？」

「残していますが、お誕生日に旦那様に贈られているドレスを着ないわけには……」

「ひ、ひらひらしてるから、広げやすいよね？」

「奥様が楽しんでいらっしゃるので黙っていましたが、その、シモーネ様が持ってきてくださるお菓子を全部食べてしまうのは……」

や、やっぱり、あれかあああっ。

「わかってる……」

「とにかくドレスはお直しに出しましょう」

こんなことなら、誕生日プレゼントは『伸びるドレス』にすればよかった。

しかし、どうする？

このままでは、せっかくのシモシモのお菓子を取り上げられてしまう未来しかない。しかも、メイサがまた召喚されてしまうかも……。

絶対にバレてはいけない。誕生日にはご馳走が待っているのだ。結婚式のパーティーの時のようにご馳走禁止になっては発狂してしまう。

よし。誕生日に思い切り食べたら、シモシモのお菓子をしばらく禁止して体重を落とそう。七十キロだったら、文句もないはずだ。大丈夫、未来の私ならできる。現在の私には無理だけど。


その夜、フレデリックは夜の営みデーにて私を抱いた。ことが済んでも動けるのだから、手加減してくれていると思う。あの、激しさを知っているとね……。平均値なんて知らないけどさ。

「今日もシャルは最高だった。でも、ちょっと……」

フレデリックが私をじっと眺めてから言いかけて、私はびくりとした。やっぱり太ったたって……
バ、バレた？　冷や汗が出る。
「な、なんですか？」

後ろめたさが裏目に出てフレデリックを睨んでしまう。

「……いや、なんでもない。明日の誕生日、楽しみにしてて」

そんな私を諫《いさ》めるように彼はちゅっ、と頬にキスをしてきたが、私の心臓はバクバクしていた。

ふーっ、ドキドキした。まさか？

しかし、その心配も明日までだ。最悪、明日まで誤魔化せたらいいのだ。なんとしてもご馳走を食べてみせる。そう誓って私は眠った。


そして私はいよいよその日を迎えた。

「おはよう、シャル。二十歳の誕生日、おめでとう」

朝、目が覚めるとフレデリックがニコニコしていた。寝起きもいつも通りのイケメンである。

滅びろ、イケメン。

「二十歳という特別な日を、夫である俺が一番最初に祝いたかったんだ」

「……ありがとうございます」

ごしごしと目をこすりながらぼんやりとした頭を回転させてようやくお礼を言った。

特別な日？

不思議そうにしていたのがわかったのか、フレデリックが両手で私の顔を優しく挟んで視線を合わせた。

「シャルがこの世に誕生してくれた大切な記念日だ。生まれてきてくれてありがとう」

フレデリックはそう言った。親にも言われたことのない言葉。

生まれてきてくれてありがとう。

「私が生まれてきて、ありがとう?」

どうしてフレデリックがそんなことを言うのかわからない。私がいなかったら、もっとましな姫と結婚できたかもしれないのに。

変なの。

ますます不思議そうにする私をフレデリックはゆっくりと抱きしめてきた。いつもはうっとうしく思うその抱擁が、誕生日マジックなのか嫌じゃなかった。

「それと、俺からのプレゼント」

それから「はい」と渡されたのは私の顔くらいあるリボンをかけられた箱だった。

「ん?」

まあまあ重さのあるその箱はカサカサ、とも、モソモソとも動いていなかった。

ええと。確か私はフレデリックにペットをお願いしたような……まさかホラーな展開なんてないよね!? 生きているんだよね?

「開けてごらん」

そう言われて箱を開けるとそこには大きな卵が入っていた。

「これは?」

「極寒の地プソリオに生息する小さなドラゴンだよ」

「ド、ドラゴン⁉」

「おっと」

驚いて落としそうになったところをフレデリックが押さえてくれた。

「孵化《ふか》して一番に見たものを母親だって思うんだ」

「す、すごいっ」

「なかなか手に入らない貴重なものだよ。育児放棄されて残されていた卵が偶然手に入ってね。孵化までは日当たりの良いところに置いていたらいい」

「ドラゴンなんて、私に飼えるのでしょうか」

すごいけど、普通にそんなものペットにするものなのか？

「モコモコしてて、頭もいいんだ。成長しても手のひらに乗るくらいだから安心していいよ」

「モコモコ……」

モコモコの手のひらに乗るドラゴン……それはちょっと可愛いかも。想像するとワクワクしてきた。

「喜んでくれた？　いろいろ飼いやすいものを探してみたんだけど、きっとシャルにぴったりだと思ったんだ」

「あ、ありがとうございます」

私がお礼を言うとフレデリックはにっこり笑った。

朝起きたら、お祝いされて。

私のための特別なプレゼント。

なんだか落ち着かない気分にさせられる。

「さあ、じゃあシャルはこれから支度をしてパーティー会場に来てくれたらいいからね」

「はい。あ、卵は？」

「卵は窓辺に置いておこう」

柔らかく、暖かい布を丸く敷いてから卵を置いた。ここなら天気が悪くなければ日中日が差しているから温かいだろう。孵化するのが楽しみだ。

それからフレデリックは「あとでね」と言って部屋を出ていった。

誕生日パーティーは屋敷の庭園で行われることになっている。なんにも聞いていないから誰が来るかも知らない。私の方の家族は来ないだろうから、もしかしたらフレデリックと二人ってこともありえるかも。

「なんか、調子狂っちゃうな」

胸がざわつく。だって誕生日や催事はいつもなにかのついでかおまけだったし、忘れられていることだって多かった。小さい頃は両親に会いたくて駄々をこねたこともあったけれど、なにかと用事ができたと言って顔を見せてくれることもなかった。

リクエストして贈られたぬいぐるみが私の好きなものではなく、姉たちの好きなキャラクターだったのも、花火の観覧席が私だけ忘れられていた時も。期待して、裏切られるのは虚しい。

一つ一つは小さな出来事だ。きっと誰が聞いても「そんなことで」って思うに違いない。でも、それでも積み重なった経験から、いつの間にか私は家族に期待しないように生きるのがスタンダードになっている。諦めてしまえば、それ以上辛い思いはしなくていい。

「ご馳走が食べられればいいや」

ブンブンと首を振って深く考えるのをやめる。さあ、面倒だけど、私のためだというパーティーに参加しようじゃないか。きっとローストビーフと鶏の丸焼きは用意されているはず。なんといってもケーキはあの人気店モンテリカートで予約してくれているのだ！

「奥様、お支度を始めますよ」

「テティ、お願いね」

「あくまでドレスは応急処置なので、お気をつけくださいとのことです」

「心して着るわ」

なんとかドレスのサイズ調整も捻じ込んでもらえて助かった。これがなかったらいろいろと絶望的だった。

「ちょっと、コルセットはきつめに締めますよ」

「……心します。ぐはっ」

窓際で日向ぼっこしている卵をなんとなく眺めながら支度を進める。

なんだかちょっとだけワクワクしている自分がいた。

「うわあああっ」

会場に着くと思わず声を上げてしまった。

いつも見ていた庭園がリボンや風船で飾りつけられてなんともラブリーになっていた。鼻をくすぐるのは香ばしい匂い。そして、会場の中央にあるあのケーキはなんだ！　大きいだけじゃない、たっぷりの果物がキラキラと輝いていた。

う、うまそーっ！

私の想像の上をいく演出に、ご馳走……これはすごい。感動している私に正装したフレデリックが近づいてきた。

この際、お前が主役かってほどキラキラしていることは許してやる。

よくやった！　褒めて遣わそう！

「気に入ってくれた？」

「は、はい」

フレデリックは涎《よだれ》が落ちそうな私をエスコートして会場の中央へ誘導した。彼がパチンと指を鳴らすと奥で待機していた楽団が音楽を奏で始めた。

すると屋敷の方から次々と人が入ってくる。

「あれっ」

ニコニコと友人のミラとリリーが連れ立っている。驚いているとフレデリックが「俺が招待したんだ」と耳打ちしてきた。義両親、シモシモもいる。てっきりフレデリックと二人きりか、もしくはいろんな人を無造作に招待するものだと思っていた。

私はコンスル伯爵夫人なのだし、誕生日会といってもそれを利用したパーティーでおかしくない。家族と、気の置けない友人。

いろいろと私の想像と違うパーティーに目をパチパチしてしまう。

「シャル、お誕生日おめでとう」

「シャルちゃん！　おめでとう！」

みんなが口々にお祝いの言葉をくれる。

なにこれ。

おめでとうって……。

なんだかわからないけど、胸がいっぱいになる。

みんなプレゼントもそれぞれ用意してくれていた。ミラからはオルゴール。リリーからは押し花がついた便せん。義両親からはパールのネックレス。シモシモからは化粧水とクリーム……それぞれ私のために選んでくれた贈り物。

それから美味しい料理を堪能して、友達とおしゃべりをした。こんなに楽しい誕生日は初めてだった。

気分がいいせいか、今日はフレデリックが憎たらしくない。いつものウザさも軽減されている気がする。いや、むしろ、見直したかもしれないレベルだ。

しかし、そんな浮かれた気分でいられたのもそこまでだった。

「シャルロット、おめでとう。ステファン（王太子）とロード（第二王子）からもお祝い持ってきたわよ」

そう言って遅れて現れたのは姉たち、マリアとキャロルだった。思わずフレデリックを見ると笑っている。まさか、私の家族が来るなんて……。

姉たちの登場で高揚していた気持ちが落ちて一気になまりを呑んだような気分になった。あの人たちが今まで私に関心を示したことはない。不仲ではないが、誕生日を祝い合う仲ではないのだ。

フレデリックと結婚したことで姉たちは私に価値を見出しただけ。

ひねくれた私が出てきてフレデリックに嫉妬する。

――お父様とお母様は？

――本日はお忙しいそうで。

――お兄様やお姉様は？

――みな様学校のご都合で。

幼かった過去の誕生日の苦い記憶がよみがえる。駄々をこねれば誰か一人くらいは参加できることは知っていた。二歳違いの兄のロードが大癇癪《だいかんしゃく》を起こして両親に来てもらえたことは聞いていたからだ。

でも、私にはそれはできなかった。それすらも聞き入れてもらえなかったら、と思うと怖くてなにもできなかったのだ。

フレデリックが声をかけたら……こんなにも簡単に姉たちは足を運んでくれる。

私じゃダメ……フレデリックだから。

こんなに心づくししてくれた夫が妬ましく、八つ当たりしてしまいそうだ。

結局今まで王家のおまけだった私は、今はフレデリックのおまけでしかないのだ。自分がなんの価値もない人間に思えてしまう。

「あら。さらに痩せたって聞いたけど、太って見えるじゃない」

そこへ、現れたのは母だった。思いやりの欠片《かけら》もない、いつもの横柄な態度だった。フレデリックが用意した会場を見渡して「へえ」と感心している。

「招待してくださってありがとう」

「妻のために来てくださってありがとうございます」

そうしてフレデリックにデレデレと挨拶してその場から動かなくなった。

はあ。相変わらず。私に会いに来たのではない。フレデリックに会いたいのだ。

「どうぞ、シャルに祝いの言葉をかけてあげてください」

フレデリックに言われてやっと母が我に返った。

「ええと、いくつになるのだったかしら。まあ、いいわ。お誕生日おめでとう、シャルロット」

「……二十歳です。お母様」

「私からのプレゼントは部屋の方に運ばせておくわ」

「ありがとうございます」

それだけ言うと私の母と姉たちはフレデリックを囲み始めた。フレデリックはこっちに来たそうにしていたが、三人を無下にもできずに捕まってしまった。

「このケーキ、シャルちゃんのリクエストなんですってね。美味しいわぁ」

一人になった私にすっと近寄ってきて、そう話しかけてきたのは義母のブランシェ様だった。

「半年前から予約しないと手に入らないのですよ？　しかもこの大きさ、豪華さは国宝級ですから」

シモシモも隣で頷いた。

「シャルちゃん、いっぱい食べよう！」

そうして後ろからミラとリリーもお皿を持ってくる。急にテンションが下がってしまった私を心配して来てくれたのだろう、心がほっこりして……。でもフレデリックの方を見ると楽しそうに談笑する四人にモヤモヤした。

そうして、私は目の前のご馳走を次々とお腹の中に収めた。やっぱり、幸せな気持ちになるには、食べるに限る。

「はあ〜、食べた。食べた」

最後はフレデリックと一緒にゲストを見送って……。

母と姉がフレデリックべったりだったこと以外はつつがなくパーティーは終わった。

きっとこのお誕生日会はフレデリックには当たり前に毎年行われることなんだろうな。美味しい料理にプレゼント。楽しい友達に優しい義両親……。

途中まではよかったけど、心に澱《よど》みが溜まったように気持ちが晴れない。

ベッドにドレスのまま仰向けに倒れ込んだ私はお腹を擦《さす》った。そうしながら、城にいた時も嫌なことがあればこうやって食べては寝転んでいたことを思い出した。

結婚してダイエットを始めてから忙しくて『寂しい』とか忘れていた……。

母たちが来るまでは最高に楽しかったのに。

目をつぶっているとパタン、と寝室に誰かが入ってくる音がした。

テティが来たのかと思った私は脱力して寝転んだままだった。

「シャル……」

その声でぱちりと目を開けた。

フレデリックだ。

慌てて体を起こすと彼はベッドに腰かけていた。

「あ、あの、素敵な誕生日をありがとうございます。プレゼントも、食事も素晴らしいものばかりで嬉しかったです」

とりあえず、形だけでもとフレデリックをねぎらってお礼を言った。しかし、あまり嬉しそうではない。それどころか浮かない顔だ。なんだよ、せっかくお礼を言ったのに。

「……ごめん」

フレデリックから返された言葉は私の予想とは違い、なにを言われたのかしばらく理解できなかった。

「え?」

「よかれと思ったんだが、王妃たちは呼ばない方がよかった」

見ると自分の方が傷ついたような顔をしている。

なにかそれが癇に障る。私のなにを知っているというのだ。

「……慣れているので平気です」

息苦しさを感じながら返すとフレデリックはますます辛そうな顔をした。

結婚式のパーティーでさえポッンだったんだぞ。今さら、なんだっていうんだ。

「ごめん」

二度目のフレデリックの謝罪にカチンときた私はとうとうカッとなってしまった。取り繕っていた顔が自分でも歪んでいくのがわかった。

いつだって、私のことなんて関心なかったくせに。

「なに、私がかわいそうだったから謝ってんの⁉」

急に怒りだした私を見て、フレデリックが驚愕《きょうがく》している。

が、シラネ。

なにを言っているのか理解できないって顔がさらに腹が立った。

「そんなことは……」

「思っているんだよ！　じゃあ、どうして謝るのよ。私のためにこんなに用意したってのに！」

「シャル……」

「私の家族がこぞってリックに夢中だったから？」

「あれは」

「そうよ、あなたの想像通りよ、私は家族からつまはじきの王女だったのよ。あなたみたいに立派な人が、太った情けない王女を妻にしてしまって残念だったわね！」

両親や兄姉たちに関心を持ってほしくて頑張った時期だってあった。

私を家族の一員だって、認めてほしかったけど、現実は忘れられていることの方が多かった。

好きの反対が『無関心』だってことを知ったのはそう遅くはない年齢だ。

母と姉たちに囲まれているフレデリックが羨ましかった。でも、それは私には叶わないとわかっていることだ。優秀な兄姉たちのように勉強や習い事ができるわけではなかったし、誇れるような特技もない。気がついたら一人だけ太っているような、いつだって忘れられていた末っ子だから。

「自分の立ち位置くらいわかってるし、これからだって上手くやるよ！」

「立ち位置って……」

「跡継ぎさえできたらいいんでしょ！　ほっといてよ！」

「待って、そんなこと……」

「思ってなかったたって言える⁉」

私がそう言うとフレデリックは言葉を詰まらせた。そんなフレデリックにさらに言い募ろうと私は立ち上がった。

「私たちは政略結婚だよ？　リックだってわかってるはずでしょ！」

ブチッ
ブチブチッ
ブチッ！

立ち上がった拍子にドレスの裾を踏んづけてしまった。それをきっかけに私の肉を押さえ込んでいた背中のボタンが部屋にはじけ飛んだ。

「う……」

ああ、なんだこれ、悲劇にもならない……。

ギャグじゃんか。ほんと、もう、私って……。

その現状に涙が出る。

「う、わあああああん」

膝からくずおれて大声で泣く私はさぞかしみっともない姿だろう。

もう、いいや。

私のためにここまで頑張ったというのに、責められて、難癖つけられたのだ。フレデリックもとうとう愛想を尽かすことだろう。

私は背中がはじけ飛んだドレスのまま、ベッドに突っ伏して大泣きした。こんな情けない妻なんて見放せばいい。

しかし、フレデリックは優しくシーツを背中にかけると、そのままワンワン大泣きする私の隣で立ち去ることもなく座り続けていた。

「シャルは……頑張り屋さんだから」

フレデリックはポツリとそれだけ言った。悔しかったが、その言葉でさらにワンワン泣いてしまった。

城の部屋でずっとぽつんと過ごしてきた。両親からも兄姉からも忘れられて。だからって一応王女だ。ちっぽけなプライドで問題を起こすわけにもいかなかったし、そんな勇気もなかった。

ひっそりと大人しく過ごしていればいい。そうやって食べることだけを楽しみに生きてきたのだ。けれど、急にそんな自分がみじめで、かわいそうになってしまった。知らなければよかった。みんなに祝われる誕生日なんて。誰かに自分が生まれたことを感謝されることがあるなんて。

そしたらこんなにみじめな気持ちになることもなかったのに。

今まで抑え込んでいた感情が爆発した。こんなに声を上げて泣いたのはいつぶりだろうか。

とっくにいなくなっているだろうと思っていたのに、顔を上げれば背中を向けてフレデリックはまだそこに座っていた。

泣いてすっきりすると、急にフレデリックに申し訳なくなってくる。

政略結婚で仕方なく結婚した王女が、自分の手配した完璧な誕生日に悪態ついて泣きだすなんて、とんでもない。

しかし、これでわかっただろう。私とは距離を取って、愛人でも作ればいい。

「……リック、八つ当たりしてごめんなさい」

シーツから顔を出して声をかけるとフレデリックがこちらを向いた。

軽蔑してるかなって思ったけど、彼は真剣な顔をしていた。

そして重々しく口を開いた。

「謝らなくていい。なんとなく気づいていたのに招待してしまった。安易にこの機会に仲良くなればいいと思っていたんだ。招待客はちゃんと主役のシャルに相談すべきだった」

「ええと。怒ってないの？」

なんとフレデリックはちっとも怒っていないようだった。

性欲魔人のフレデリックを受け入れる私、心ひれーって思ってたけど、よほど彼の方が心が広い。

「怒るだなんて。シャルの本音が聞けてよかったよ。あのさ、これからは俺が家族だから。こんなふうに本音をぶつけてくれたらいいし、甘えてくれたらいい」

「本音を？」

「政略結婚も出会いの一つだよ。特に女性を見る目がないと言われている俺にはこの結婚は幸運だった。これからは俺がシャルを一番愛するから」

「え……愛？」

「うん。シャルが俺のことを愛してくれるように俺も」

「私がリックを？」

「え？」

「え？」

そこでお互いに見つめ合った。誰が誰のこと愛しているって？

ちょっと待て、私がいつ「愛してる」なんて言った？　しかも、フレデリックからだって聞いたこともないぞ。

「シャルは俺のこと愛してるよね？」

「どうして？」

「ど、どうしてって……？　あれ？」

「リックが私のことを『愛してる』って言うのも聞いたことがありませんが」

私の指摘でフレデリックが口に手を当てて考え込んでいる。どう考えたって聞いてないのだから、言ってないだろう。

「シャル、俺はあなたを愛してる」

「あーハイハイ」

「え？　シャルは俺を愛してくれていなかったのか？」

「よく考えてみてください。唯一の楽しみである食べることを取り上げられ、強制的にダイエットさせられて管理されてるんですよ？」

「でもいいところもきっと」

「夜の営みが疲れると相談しても聞いてくれないし、約束は破るし……」

「あ、いや、それは……」

「初デートはいかがわしい宿でスライムの粘液塗られてエッチしただけです」

「ぐはっ」

私の表情を見て、本当だとわかったのかフレデリックが青ざめていた。

「シャル……ちょっと、俺は一人になって考えたいと思う」

フラフラと立ち上がって部屋を出ていくフレデリックの背中は寂しいものだった。

ショックだったらしいフレデリックはその晩、屋敷に帰ってこなかった。どこかに夜遊びでもしに行ったのかな。

なんだか悪いなーと思いながら私はベッドで大の字で眠った。

翌日は朝から窓際にある卵に話しかけたり、ベッドに引き入れて一緒にお昼寝したりして、ちょっと楽しかった。

しかし「こりゃ、別居になるかなぁ」なんて呑気《のんき》に考えていたら、夕方にはフレデリックが現れた。

どこに行っていたんだ？　そのよれよれ具合からは女の匂いはしなかった。

「シャル、一人になって考えてみたんだが」

「はい」

「俺と肌を合わすことは嫌いじゃないよね」

「えー……と、しつこくなければ？」

「今までねだられたことはあっても拒まれたことはないから、きっと潜在意識では俺のことを愛していると思うんだ」

「は？」

「ほら、肉体的に繋がるなんてお互い嫌悪感があってはできない」

「そ、そうなのかな」

そんなことない気もするけど。確かに嫌悪は感じたことはない。

「これからは大いに口に出して、伝える努力をするつもりだ」

「え？」

ちょっと待て、どうして目だけはランランと輝いているんだ。どこで覚醒してきた？

努力ってなにをする気だ……。

「シャル、あなたを愛している！」

「ひいっ……」

「さあ、シャルも存分に俺に愛を叫んでくれ！」

や、やるかボケー！

閑話　白パン姫との結婚（フレデリック視点）

ドシン……。炎と砂煙をまき散らしながら巨体が目の前で倒れた。

「うおおおおおおっ」

俺はとどめを刺すべく剣を振り上げた。直後、仲間の騎士団員たちと勝利の雄叫《おたけ》びを上げた。

「わああああああ」

十数時間に及んだ戦いの末、やっとのことで倒したのは一帯を丸焦げにしてしまったレッドドラゴン。大型モンスターだ。

これで、ようやく王都に戻れるな、と騎士団のメンバーと顔を見合わせて安堵《あんど》した。

ドラゴンは本来縄張りから出ないので討伐対象にはならない。けれど、極稀《まれ》におかしな行動を起こすもの、やたら攻撃的なものが現れることがあった。

今回のレッドドラゴンがそうだ。

こいつはいきなり炎を吐いて野山を焼いてまわり、村を一つ全焼させてしまった。避難が早かったため死人は出なかったが、大きな損害が出た。

息絶えたレッドドラゴンを見下ろして、俺は興奮で未《いま》だ震える腕を押さえた。こういう時、自分には討伐が天職なのだと思ってしまう。この高揚感が堪らないのだ。

「やった、やったぞ！」

「副団長、やりましたね！」

しかし、なかなか厄介な相手だった。脱力して、少し休んでから、俺たち白鷺の騎士団はレッドドラゴンを荷馬車に積み上げて、堂々と王都へ帰還した。


しばらくして俺は王からその功績を認められ、伯爵位をいただいた。これは前々から次に手柄を立てた時に与えると言われていたものだった。

「そして褒賞として第三王女を授けよう」

ついでに褒賞として第三王女がついてきた。前々から身を固めるように言われていたので結婚は避けられないと思っていた。……こんなふうに決まるとは思っていなかったけれど。しかし受け取ったものの、第三王女の顔が全く浮かばない。

「ありがたき幸せ」

ええと、どんな顔だっけ。

第一王女と第二王女は王妃に似ていたから、ちょっと釣り目の美人だったような。だったら第三王女もそんな感じじか。実は過去に上の二人の王女の時も軽く結婚の打診があった。その時はまだ結婚など考えてもいなかったし、そもそも討伐で忙しかったからそれどころではなかった。

とうとう俺も結婚か。騎士団の中にも暗黙のルールがあり、男爵家の出である俺が将来副団長から団長になるなら伯爵以上の地位が必要だった。それを踏まえて王は今回俺に伯爵位を与え、大切な王女を一人降嫁してくださったのだろう。

ありがたく拝受してから騎士団に戻ると、俺は早速、第三王女のことを詳しく知る者がいないか聞いてみた。これから夫婦となって過ごすことになるのだから興味があるに決まっている。

するると知っていると思われる団員たちは顔を見合わせて言いにくそうにしていた。

年下だろうし、まさか素行が悪いとか？　と心配すると、どうやらそうではないようだった。

「白パン姫と呼ばれているんです」

「白パン？」

「ええ、まるで白いパンのようにふわふわとした……」

「つまり、なんだ？」

「ええと、こう、もちもちとした……体つきの」

「太っているってことか？」

「……端的に言うとそうです」

「なるほど」

それを聞いて俺は正直がっかりした。俺の中では太っているというのは『自己管理ができていない人間』であって、それ以上でも以下でもない。

白鷺の騎士団にも筋肉で大柄の者はいるが、太っている奴《やつ》はいない。それは、日頃ちゃんと自己管理して体を鍛えているからだ。いざという時、動けるように体を調整するのは当たり前のことで、それは生死にもかかわる重要なことだ。

なによりどうして太ったままでいるのか理解できない。体重を減らしたければ食事を見直せばいいし、筋肉が欲しければ鍛えればいいだけだ。

俺は白鷲の騎士団に入るのに、血のにじむ思いで努力した。目標を持って努力すれば、成しえないことはこの世にはないのだ。それは他人にも誇っていいことだと思っている。

目標を立てて、それに準じた計画を立てる。あとは実行するのみだ。多少の融通を利かせても、大筋から外れなければ大体は予定通りに物事は進む。突発的に問題が起こることもあるが、それはそれでその時対処すればいいことだ。

たとえばカロリーコントロール中に食べてしまっても、その後の数日でカバーして計画を立て直せばいい。ただ、それだけのこと。訓練メニューの途中で脱落する者がよく「理想はそうなんですけど、上手くいかなくて」とか「計画通りにいけば苦労はしないのですが」とか言い訳するが、その気持ちは理解できない。

それは男女関係にも思うことで、酒場で一夜を楽しんで失敗した、とかムラムラしてつい関係を持った、など失敗談をよく耳にする。しかしそんな話にも、なに一つ共感できない。そもそも動物ではないのだから、性欲を自分でコントロールできないのも想像もつかない。人間には理性があるのだ。体の関係は勢いで持つようなことではない。

事実過去に女性と付き合ったこともあるが衝動に駆られることもなければ、職務よりも優先したい、なんておかしな感情になったことはなかった。

強いて言えば俺が唯一興奮して自分を見失うほど高ぶるのはモンスター討伐の時だけ。だがそれと同列に比べられることじゃない。戦闘はなにより、命がかかっているのだから。

自慢じゃないが周りから見て俺は女性運も女性を見る目もないと言われていた。それは、過去に付き合った二人の女性に起因している。

一人は騎士になったばかりの時に付き合った女性で、熱心に俺を口説いてきた。見た目もスタイルもみんなが羨む女性だった。けれど彼女は俺が他の女性と話をすることも、目を合わすことも許さず、最終的には親しくする騎士団員すら接触することを嫌った。結局、狂気じみてしまった彼女は「あなたを取り巻くすべてに嫉妬してしまい、付き合っていると自分が狂ってしまう」と言って身を引いていった。あとから聞けば、牽制《けんせい》するためか彼女は周りに嫌がらせもしていたそうで、俺は別れてから聞く限り謝罪してまわった。

二人目に付き合った女性も積極的だった。ちょうど仕事が楽しくて仕方なかった頃だったので交際の申し込みは何度も断ったが、邪魔はしないと言うので付き合った。

しかし蓋を開けてみれば、討伐で数か月放置しただけで彼女は俺に「私に構ってほしい」と職場まで押しかけてきた。どうやら自分に自信のあった彼女は、付き合いさえすれば俺が自分を優先するようになると信じていたようだ。そしてヒステリーを起こして詰め所の机の上を乱暴に薙《な》ぎ払い、キーキーと叫びながら大暴れ……モンスターより始末が悪かった。あの時も同僚に平謝りして憐れみの目で見られたものだ。

そんな俺の未来の妻は白パン姫……。王女をもらうのだから相手に不足はないが、一応調べておくことにしよう。

数日後、頼んでいた白パン姫の詳しい情報が手に入った。まず、名前はシャルロット姫。王の五番目の子供で第三王女だ。現在十八歳。大人しくてパーティーなんかにはめったに参加しないらしい。友達と食べ歩くのが好きで、ミラとリリーという友達とよく行動をともにしていたようだ。

ふーん。素行は悪くなさそうだな。……と思ったが、お忍びでパン屋に頻繁に通っているらしい。そこにいる同じ年のパン屋の息子と仲がいいようだ。毎回話しかけているらしい。

同い年……なんだかイライラするな。

これは、それとなく団員に見張ってもらっておこう。結婚前にごたついてはまずいからな。

俺も彼女も政略結婚である。互いに好き同士でないから、好きな人がいてもおかしくない。八つも年下の末っ子王女……わがままに育っている可能性の方が高く、結婚前に問題を起こすのだけは避けたい。

そうしてパン屋にだけ見張りをつけて対策しておくと、あとはもう面倒になった。どうせ結婚するんだから、問題さえ起こさなければいいのだ。太っているなら結婚してから俺が管理してやればいいことだしな。

それから王妃が彼女にダイエットトレーナーをつけたと聞いた。メイサならボディメイクの専門家だ、安心して任せられる。そうして婚約式の時に初めて会ったシャルロット姫は、聞いていた通りの白パン具合だった。

――なるほど。確かに白パンだ。

初めて彼女を見てそう思った。ふわふわの焼き上がりのパン……。

よろけた彼女を支えた時に香ってきたのも、パンみたいな香りだった。

ふわふわとウェーブのかかった白金の髪にブルーの瞳。この色味がまた白いパンを彷彿《ほうふつ》させる。

人というよりパンの妖精といった感じで、今まで出会ったことのない人種に思えた。

人の外見についてどうこう思うことはあまりないのだが、この体では彼女の臓器は悲鳴を上げているだろう。メイサの活躍に期待するしかない。

それから結婚式まで遠征討伐の仕事が立て続けにあり、俺はシャルロット姫を放置した。前の彼女のトラウマもあり、あえて遠征前の接触は控えた。なぜか近しい関係になった女性は俺に執着しておかしくなってしまうと学習したからだ。

本当なら新居の内装なども話し合うべきだったのだろうが、戻れないのだから仕方ない。どうせ俺には寝に帰るだけの場所だ。屋敷のことはシャルロット姫の好きにすればいいと思った。

しかしあまりの放置ぶりに母が怒りの手紙を寄越してきて、シャルロット姫宛に手紙を書くことになった。といっても共通の話題といえばダイエットくらいなもので。おのずとそんなそっけない文面になるのだった。

手紙を数通送って、シャルロット姫のことは他にメイサのダイエット報告を受けているだけだった。結婚することが決まっていたので特に機嫌を取ろうともしなかった。

この手紙のやり取りの間、婚約者面でうるさくされたらどうしようかと思ったが、彼女は俺が手紙を書かないと何の連絡もしてこなかった。

我慢している？　自慢じゃないが、こんなに俺に対して反応のない女性は初めてだ。接触が少なかったことが功を奏しているのだろうか。

母からの手紙を読んでも、シャルロット姫はとても控えめな性格であるようだった。しかしそれはどこまで続くのだろうか。

付き合った彼女たちだって、初めはしおらしかった。けれど結局は気が狂ったように執着してきて、仕事のことまで口を出してくる。自分を見てくれと騒ぎだすのだ。

この世に仕事優先な俺を許せるような理想的な女性がいるのか？　過去の恋人はそれを許せなかったので別れたのだ。俺はモンスター討伐が天職のちょっとイカレている男だ。そこのところは理解してくれなくても、自由にさせてほしいと思っている。

メイサがせっせと送ってくるシャルロット姫の体重の推移を見て、眉をひそめる。一般的に女性の方が痩せにくいが、それにしても進みが遅いと感じた。

減っているだけ、よしとしないといけないが……なんて思いながら俺専用のカレンダーに彼女の体重を書き込んだ。今のところ、この体重推移の数字だけが俺と彼女を繋ぐものだった。

そうして結婚式当日になってもシャルロット姫は大して痩せていなかった。

ウエディングドレスは女性の憧れというのだからもう少し頑張ればよかったのに、と思う。べつにその姿が不細工だったとか、醜かった、なんて思わなかったけれど。

いや……ふっくらとして可愛くないわけではなかった……かな。つやつやした唇は柔らかそうで……悪くなかった。

披露パーティーでは騎士団のみんなが彼女に一緒に歓談でもどうかと誘った。けれど彼女はそれに首を横に振る。若いお嬢さんとなにを話せばいいかわからないし、団員たちもそれ以上は気を遣って声はかけなかった。彼らも過去の俺の彼女にトラウマがある。

「シャルロットは人付き合いが苦手なんだよ。構われるのが嫌いなんだから、放っておいた方がいい。それより、紹介したい人がいるんだ」

王太子のステファン様にもそう言われて、彼女を遠目から見守った。

連れまわす方が気疲れするだけか。と思いながら、一人で客の対応をした。どのみちはるばる来た外国の軍部の重鎮との話がメインだったし、彼女が隣にいても、どうしていいかわからないくらい俺たちの関係はまだ希薄だった。

そうして王太子に連れられてあちこちで挨拶し、へべれけになるまで飲まされた。新しい屋敷で新妻が待っているとわかっていたが、早く帰る気にはなれなかった。

妻を迎えたのだから初夜は避けられない。果たして義務だけで彼女を抱けるだろうかと不安になりながら、やっと夫婦の部屋に足を運んだ頃には深夜になっていた。

その時のことは正直、酔っていたとしか言い訳できない。俺は盛大にやらかしたのだ。

ふわふわした気分で寝室のドアを開けると待っていたのはやっぱり『白パン』の妖精だった。

しかし待たせたことは申し訳ないとはいえ、俺の顔を見て喜ぶどころか嫌そうな顔をしている。

自慢じゃないが、女性にそんな顔をされることなどない。そのことにムッとしながら、披露宴会場のあちこちで、彼女が太っていることをヒソヒソされていたことを思い出した。夫としてちゃんと正してやらないといけない気がして話をすると、彼女の顔はますます嫌そうに歪んだ。

太っていることがどんなに生活に支障が出るのかを諭しても、ちっとも響いてなさそうな顔にさらに苛立《いらだ》った。そうして彼女を見下ろすと、そのふくよかな体がまともに俺の視界に入ってきた。

美味しそうだな。

ふと、そんな言葉が頭に浮かんだ。両腕を前に出して下を向く彼女の胸の谷間がふっくらと柔らかそうだったのだ。それを見て『できそう』な気になった俺は服を脱ぐ。けれど、そのつもりでベッドにいたはずの彼女は「最低限の回数」だの、「婚外子」はどうだの言ってきた。

見張りもつけていたので不貞は疑っていない。が、俺にはない『若さ』という武器をパン屋の息子が持っているのかと思えば腹が立った。

同い年の彼はさぞかしあなたと気が合うのだろうね。

勢いに任せて「処女を確認する」と脅すと、やっと彼女がすがるような目で俺を見てきた。そうだ、そんなふうに俺だけ見ていればいい。

素直に自分に従う彼女に気を良くして大切な場所を見分する。下の毛が薄く、どこか幼さが残っているそこはとても綺麗な色をしている。思わず広げると「広げないで」と真っ赤になった彼女がこちらを眺めていた。

この表情は悪くない。

誰も触れたことのないだろうそこが俺のものだと思うとゾクゾクした。

指を差し入れると「入れないで」なんて初心《うぶ》な反応を示す。緩んだ下着の隙間からチラリと見える胸の先端も白パン姫に似合う美しい色だった。

自分の欲望がむくむくと起きるのを感じる。俺をこんなふうにした彼女にそれを知ってほしくて、ふっくらとしたその手を取って勃起した箇所に触れさせた。

「フレデリック様のズボンになにか入ってますよ」

彼女はポカンとした顔でそんなことを言った。まさか、こんなこともわからないなんて。驚くと同時に、パン屋の息子が一生知ることのない彼女の姿に優越感を満たされる。

あれ？　そもそもどうしてこんなことをしたんだ。

しかも、俺はなにを期待した？　彼女が俺を求め狂うと？

バカな。執着されたくないと思っていたじゃないか。

こ、これが、酒の勢い……いや、でも踏みとどまったからセーフか。そろそろ深酒は控える年になってきたのかもしれない。

それからシャルロット姫に痩せるまでは子作りはしないと宣言をした。かわいそうかとも思ったが健康面を考えると仕方ないだろう。もともと性欲が薄いので彼女とは子作り以外のセックスをするつもりはなかった。

あの晩……酒も飲んでいたのに体が反応したのは、きっとなにかの拍子のたまたまだったに違いない。

そう俺は自分に言い聞かせた。

シャルロット姫と一緒に暮らすようになると嫌でも彼女の様子がよくわかるようになった。近くで見ているとどうして体重が減らないのかわからないくらい、彼女はちゃんとダイエットメニューをこなしている。

「どうせ、いい加減にやっているのだろう」と思っていたから、これには正直驚いてしまった。それにさらに感心することに、新しい屋敷はとても落ち着く快適な空間だった。

若い女の子に任せたのだから、最悪ヒラヒラピンクの世界になっていても我慢する覚悟でいたが、いざ入ってみると落ち着いた色調に味のある家具が配置されていた。

母に聞けばシャルロット姫は俺の好みと丈夫さを重視して考えてくれたらしい。それを聞いて感心した。さらに母は彼女がどんなにいい娘であるか熱弁していた。これも人当たりはいいが深くは人と付き合わない母には珍しいことだった。よほど気に入ったらしい。

シャルロット姫の人となりに触れていくと、だんだん自分が偏見を持って彼女を見ていたことが露見してくる。俺が勝手に「年下だから」とか「太っているから」とか「王女だから」とシャルロット姫にフィルターをかけて見ていたのだ。

これは今までの考えを改めて、彼女を放っておいたことを反省すべきかもしれない。そんなふうに思いだした時、最悪なことが起きた。

ダイエットを頑張りすぎたシャルロット姫が足を痛めてしまったのだ。

駆けつけた時には彼女はベッドの上で絶対安静を言い渡されていた。そして、俺は主治医に彼女が『痩せにくい体質』であることを聞かされた。

頭の中にめぐる、カレンダーに書き込んだ数字。俺はあれを見て、努力が足りないと呆れていたのだ……。彼女のことを知ろうともしないで……。

「私が無理させたばかりに」と嘆くメイサの後ろで、俺は後悔しかなかった。精神的に追い込んで、一番無理をさせていたのは俺だからだ。

俺は結局自分のものさしで測って、もっと努力しろとシャルロット姫を頑張らせていたのだ。彼女は十分努力していたというのに。

大いに反省した俺は初めて職場に休みを申請した。事情を話せば、ありがたいことに団員はみんな快く協力してくれた。

そうしてシャルロット姫の介護を一手に引き受けて、その回復を待った。俺にできる償いなどこんなことしかない。

彼女の足が回復するとまたゆっくりと運動を再開した。改めて見ても彼女は頑張り屋さんで、我慢強かった。なにより彼女はケガのことで一度も俺を責めたりしなかった。

なんと寛容で優しい心根の人なのだろうか。

この頃からシャルロット姫が結婚相手でよかったと心から思うようになっていた。

少しずつ、でも着実に体重を減らす彼女に感動すら覚える。こんなに俺のために頑張ってくれているのだ。痩せるまで子作りをしないと言ったのは意地悪だったろうか。

いや、しかし、太っているせいで生理不順であるとも聞いていた。やはり彼女の健康が最優先である。セックスで満足させてやれる夫にはなれないかもしれないが、子供は頑張って作ってもいい。なにせ、シャルロット姫はちょっと自己肯定感が低いが、とてもよくできた妻だからな。

その時はまだ余裕があった。

まさかシャルロット姫の体を知ってから、自分が大暴走するなんて想像もつかなかったのである。


彼女のダイエットが成功して目標である七十キロに到達した。

スマートとは言わないが、健康的ならそれでいい。最近は外で細い女性を見てもなんだか物足りない気持ちになってしまう自分がいる。

いいじゃないか。ふくよかでも。ふわふわしていて可愛らしい。

それよりも痩せた妻がとても誇らしく思える。そうだ、努力は裏切らない。

慎ましく、仕事には一切口出しせず、陰からそっと俺を支えてくれる妻。俺の結婚観からしたら最高の人材だったかもしれない。

そうして俺はちょっとしたご馳走を用意してそれを祝った。美味しそうに食べるシャルロット姫の顔は輝いていた。

さあ、その気持ちに応えないとな。

俺は気合を入れて初夜に挑むことにした。ちゃんと抱けるか少し不安に思いながらも、彼女の努力に報いたかった。

寝室の簡易ベッドを撤去させて、今日からは夫婦のベッドで過ごす。最高のご褒美をあげなければばかわいそうだ。

しかし寝室で彼女を後ろから抱きしめ、キスをした時……俺の理性は一気にはじけ飛んだのだった。

なんだ……これ。

シャルロット姫のふっくらとした唇……弾力はまるで真綿のようにふわふわなのに、吸いつくようなみずみずしさは果実のようでもある。上手くたとえられない自分に焦れるが、要は触れるだけで気持ちいいのだ。これは、いったい……。

こんな場面でも自分を卑下する彼女に黙るようにと二度目のキスをする。今度は深く、柔らかい舌を堪能した。戸惑う彼女の舌に自分の舌を絡ませるとあまりの気持ちよさに頭がバカになってくる。さらに頬を上気させるその表情が官能的だ。キスがやめられない。

「真っ赤になってるシャル……か、可愛い……」

キスをしながら彼女のボタンに手をかけると、垣間見える胸の谷間。

「でっ……でかっ……」

思わず声を出してしまう。大きいとは思っていたけれど、直接見るとこんなに？　上着を脱がせると神が英知の限りを尽くして作ったとしか思えない、素晴らしい乳房がお目見えした。

ゴクリと喉が鳴る。

昔、絵画で見た完璧な裸婦像と同じだ。大きいのに形のいい乳房。乳首はバランスのいい大きさで、乳輪も美しいピンク色。こんなに綺麗なおっぱいがあっていいのか？

興奮してのぼせたのか、ポタリと鼻血が落ちた。そんな俺の鼻をシャルロット姫が慌てて押さえてくれる。こんなところも優しい。

心配した彼女に少し時間をもらってから、情事を再開した。いや、ここでやめるなんて選択肢はないから。

触れてみるとそれはふわふわとしていて、たとえようもない心地。こんなにも自分の理想的なおっぱいに出会えたことに体が震えた。

乳首を舌で味わうと、ピンと立ち上がってきてその存在を主張する。

どこもかしこも気持ちいい彼女の体……。シミ一つない美しい肌。こんなに完璧なものがこの世に存在するのか。

前にも見たが、シャルロット姫は秘所だって美しい。薄い体毛、つやつやと可愛らしいクリトリス。そして綺麗なピンク色の……。少し幼くも見えるのに、指で刺激するとたらたらと愛液を溢れさせて俺を誘ってくる。ああ……、人をダメにする体だ。

自分の中の獣が、この体を貪りたいと暴れている。こんなに興奮するのはモンスターを討伐している時のようだ。

今までセックスで身を滅ぼした奴を冷めた目で見ていた。それなのに自分が同じ側の立場に立つなんて信じられない。

でも、これは、止められない。

どこに触れても気持ちよく、喘ぐシャルロット姫はめちゃくちゃ可愛い。日頃は凛《りん》としているのに、そのギャップがまた……。声も、肌がほんのりと色づくのも、なにもかもが俺を興奮させる。

途中、待ってと言う彼女を心配してなんとか動きを止めるが、それも恥ずかしいという。

そんなの、可愛すぎるだろう！

優しくしてやりたいのに、自分を抑えきれる自信がない。シャルロット姫の体なら余すことなく舐めまわしたい。「そこはっ、変になっちゃうから」なんて、俺をどうするつもりなんだ。

もう、彼女と一つになりたくて、爆発しそうだった。

初めてだから気遣って……なんて余裕はどこかへ消え去っていた。

「記念すべき、一つになる初めての瞬間だよ」

「か、かはあっ」

溢れ、零れていた彼女の愛液をまとわせた己の欲望を沈めると、熱くうねった彼女の膣《なか》が絡みついてくる。それだけでもう爆ぜてしまいそうだった。初めてである彼女の負担を考えてなんとか腰を動かすのを我慢する。馴染むまで……このまま。

なんとか彼女の息遣いが落ち着いたところまでは我慢したが、もう、それ以上は無理だった。

俺を魅了してやまない大きな胸を掴み、腰が揺れ始めると止まらなかった。

熱く、俺を締めつけ、そして体が蕩けてしまいそうなくらい気持ちがいい。そうして夢中になって彼女の中で精を放った。

恐ろしいほどの快感に体が震える。すべて俺のために用意されたかと思うくらいの完璧な体。

それから何度も彼女の中に潜り込んだ。

ダメになる。冷静になんて、無理だ。

なんて体なんだ！

肉欲に溺れている……自分には無縁だと、思っていたのに！

気持ちよすぎる体に、簡単に籠絡される。抱いても抱いても足りない。シャルロット姫の中にずっと入っていたいくらいだ。

恐ろしいほどに湧き出る性欲をシャルロット姫にぶつける。彼女も気持ちよく思ってくれているようで、だんだんと喘ぎ声が大きくなった。最高の相性。自分を見失うほどの快感。

何度も、何度も彼女の中で射精して……。それでも物足りない自分が恐ろしかった。

この世にこれほどまでに気持ちいいものはないと知ってしまった俺は、同時に自分がこんなにも獣になれるのだと知った。

もう、次の日から同じ目でシャルロット姫が見られない。

ずっとあんなこともこんなことも思い浮かべてしまう。

ふわふわとした白い肌はいい匂いがする。胸の谷間に顔をうずめると天国にいるかと思うほどの心地。気持ちよすぎる魅惑の体。

しかも、どうしてくれよう……頬を赤らめて恥ずかしそうに喘ぐシャルロット姫は世界一可愛いのだ。ああ、俺のシャル。

そうしてその後もシャルを見ては興奮して、ベッドに組み敷いた。

あんなに仕事とプライベートを分けて考えていたのに、仕事中もふと、彼女の痴態が思い出される。ああ、可愛かったな、と思うと堪らなくなる。

早く屋敷に帰って、シャルロット姫と愛し合いたい。

仕事をさっさと終わらせて帰る俺は、団員たちに「新婚ですからね～」とからかわれるようになった。そうか、これが新婚ラブラブか……悪くない。悪くないぞ。

それから二か月ほどして屋敷の者にシャルが子供ができないことに心を痛めていると聞き、ますます彼女が愛おしくなった。どうやら教会で必死に祈っているようなのだ。

まだ子作りを開始してから間もないし、これればかりは授かりものなのだから焦らなくともいいと思う。けれど残念なことに世間では結婚＝子供と考える輩も多い。まして俺の伯爵としての地位を確約するには子供がいた方がいい。きっと最初に俺が三人欲しいなんて言ったからだ。

なんて、健気なのだろう。俺のことをどこまでも深く考えていてくれる。政略結婚なのに、こんなに尽くしてくれる妻などいるのだろうか、いや、これが恋愛結婚だったとしても、こんなにも大切にしてもらえる関係でいられるだろうか。

それからも、セックスを回避したがるシャルをなだめすかしながら彼女に潜り込んだ。始まってしまえばよがるのだから、まさか、本気で回避したいと思ってはいないだろう。彼女は極度の恥ずかしがり屋なのだ。そこはこちらが積極的に出ないと。

「子作りは最低限の回数で行うと約束したではないですか」

ある日そんなことを言いだしたシャルに首をかしげる。あんなに気持ちいいのに？　しかし彼女の真意は別にあった。

「体が目当てなんですよね！」

シャルの顔は泣きそうだった。きっとずっと言えなくて、心を痛めていたのだろう。そういえば、語らいも、デートもすっ飛ばして体ばかり求めてしまった。

そうか、悪かったな……きっと彼女も不安だったろう。しかしそれで拗ねているのも可愛いとしか思えない。素直にねだることもできないのだから、もっと俺が気を配ってやらないといけなかった。

申し訳なかったと反省して俺はすぐにデートのプランを立てた。彼女のためなら休みを取るのも造作ないことだった。

けれどお祭りでデートする予定が、街で俺の正体がバレてしまい、デートどころではなくなった。たまたま（下心がなかったとは言わないが）逃げ込んだ連れ込み宿。以前なら昼間からいそしむ連中を理解できなかったが、今可愛い妻を得てそんな気持ちがよくわかる。

隣の部屋から聞こえる喘ぎ声を猫の声だと勘違いしているシャルが無垢《むく》で可愛すぎる。

その白く清い肌に淫らな赤い印をつけまわってやりたい。

当然我慢できなくなった俺は彼女を激しく抱いた。普段使わないスライムの粘液はヌルヌルと肌の上を滑り、互いの感度を上げる。その上に催淫効果まであるってすごい。

安宿で、隣から聞こえる喘ぎ声。でもそれすら聞こえなくなるほどに可愛いシャルの喘ぐ声。

乱れに乱れて、彼女から何度もおねだりされて、それに幾度も答える。

体を洗いに行った彼女を追いかけてシャワールームで立ちながらしたのは……控えめに言っても

最高だった。

……しかし結局セックス三昧で終わったデートに彼女が納得できるわけもなく。不服だったシャルにはへそを曲げられてしまった。悪かったと反省しつつ、でもあんなに乱れる彼女に抗《あらが》うなんて無理だとも思う。

なんとか食べ物で許してもらおうとしたが、しばらくセックス禁止になってしまった。もちろんそれはがっかりなんだけど……俺にそんなことを言い渡してくる彼女が可愛いと思う自分も重症だ。

なんだかんだあったが、俺は彼女と上手くいっていると確信していた。

もちろん愛し合っているし、体の相性もばっちり。これ以上望むことは一つもないほど満足できる妻。少々王家事情は複雑だったが、一緒に乗り越えていけたら、なんて思っていた。

正直、あの時の俺は驕《おご》っていたし、能天気に考えていた。

彼女の持っていた闇は深くて、そしてその心はとても傷ついていたのだ。

シャルの誕生日、俺は張り切ってパーティーの準備をした。シャルの家族にも来てもらえるよう根回しした。男兄弟は無理として、姉である王女二人と王妃はすぐに快諾してくれた。

国王夫婦は普通の夫婦ではない。彼らは国を担う責任があり、俺の両親のようにいつも子供を側で見守っているわけではない。だから彼女が放っておかれていたとしても、それには世情がかかわっていたのかもしれない。すれ違ってしまってできた溝が今後少しずつ埋まっていけばいい。家族なんだからきっとわかり合える、なんて簡単に考えていたのだ。

しかし、良かれと思ってしたことが裏目に出て、彼女を悲しませる結果になってしまった。

俺は彼女の傷口に塩を塗るような真似をしてしまったのだ。

彼女の家族は誕生日会であっても彼女を主役扱いにはしなかった。少し声をかけただけでずっと俺の側を離れなかった。予想外の出来事に俺は戸惑ったが、話しかけてくる王妃たちを無下にもできなかった。その時、ようやく安易に俺が仲裁して取り持てるものではなかったと理解したのだ。

俺はバカだ。思い出せば結婚披露パーティーですら、彼女は主役ではなかったのだ。

結局……俺のせいでせっかくの誕生日の夜に彼女の感情は爆発した。彼女はずっと、周りに自分の気持ちを悟らせないよう我慢を重ねてきたのだ。

幼少期から王城で彼女は放っておかれて……。愛を求めても与えられず、それでも王女としてのプライドを持って背筋を伸ばして過ごしていたのだろう。そのストレスは彼女の体を蝕《むしば》み、体は太ってしまう一方だったに違いない。

それでも急に決まった結婚を受け入れ、夫となった俺に尽くし……なのに、その夫は仕事バカで彼女の心の拠り所にはならなかった。

シャルは俺に居心地のいい場所を作ってくれた。急に討伐に出かけても笑顔で送り出してくれたし、長く屋敷を空けても不満も言わない。屋敷だって自分の好みより俺のことを優先してくれた。

ああ、心の痛みを抱えながらも、相手を思いやれるなんて、あなたはどこまで高貴な心を持った人なんだろうか。

彼女にかける言葉が思いつかない。どんな言葉も安っぽく感じたのだ。だから、泣いている彼女に「シャルは頑張り屋さんだから」としか言えなかった。

本当はもっと、シャルの素晴らしいところはたくさんあった。けれど、シーツの下で震えている彼女を見て、ただ胸が痛かった。

そして、さらに俺は恐ろしい現実を突きつけられることになる。

まさか、自分がシャルにちっとも愛されておらず……あまつさえいいところすらなかったと知ったからだった。

青天の霹靂《へきれき》とはこのことか。

「唯一の楽しみである食べることを取り上げられ、強制的にダイエットさせられて管理されて」

「夜の営みが疲れると相談しても聞いてくれないし、約束は破るし……」

「初デートはいかがわしい宿でスライムの粘液塗られてエッチしただけです」

まさかの彼女の言葉の数々が頭をめぐる。

ダメだ、頭に入ってきても、理解することを拒否してしまう。

それでも少しずつ今までのことを改めると、彼女に好かれる要素が見当たらない。

その事実に自分はどれほどダメな男だったのだろうと思うのと、これまでいい気になってやってきたことが音を立てて崩れ落ちた。

なんて……バカなんだ。

愛されていると思い込んでいたとは……。

「一人になって考えたいと思う」

やっとのことで絞り出した言葉。真っ白になった自分の頭を整頓するのにも、そうした方がいいと思った。

俺はこの先、シャルにどう接していけばいいのか。

こんな夜に屋敷を飛び出して、行けるところなど知れている。

酒場か歓楽街くらいしか思いつく当てはないが、そうじゃない……結局俺は騎士団の詰め所に足を向けた。


「副団長、どうされたのですか？」

その日、当直だったのはソレイユ班長だった。俺の顔はきっとひどい顔をしていたのだろう、彼が心配そうにこちらを見ていた。

「ソレイユ班長、ちょっと……。今夜はここで寝かせてくれないか。当直を代わってくれてもいい」

「え……。もしかして、なにかあったのですか？」

妻の誕生日パーティーがあるからと張り切って休みを申請していたのだ、そう思うのが普通だろう。シャルの泣き顔が思い出されるとまた胸が苦しくなった。

「……妻を泣かせてしまったんだ」

そう答えるのがやっとだった。自分が情けなくて泣きたい。俺の心情を察したソレイユ班長は奥の部屋から酒を持ってきてくれた。

「ソレイユ班長、なにかあったら出動しないといけないから酒は……」

「なに、私は飲みませんよ。副団長はお休み中だからいいでしょ」

目の前に酒が注がれる。琥珀色《こはくいろ》のそれに自分の情けない顔が映し出されていた。きっと秘蔵の酒を出してきてくれたのだろう、芳醇《ほうじゅん》な香りが室内に広がっていた。

その心遣いが胸に染みる。ソレイユ班長は俺より十五歳年上の妻帯者。みんなに親しまれる人格者である。俺は恥も外聞も捨てて、彼に相談することにした。

今、目の前にいるのは人生の先輩である。

「誕生日を祝おうと張り切って用意して、妻もとても喜んでいたんだ」

「前々から準備されていましたからね。私からも奥様は楽しんでおられるように見えましたよ？　それがどうして泣くことに？」

「良かれと思って王妃たちも妻に内緒で呼んだんだけど、王妃たちは屋敷に着いてから俺の方ばかりと話していて……俺も頼んで来てもらった手前、無視もできなかった」

「ああ……そういえば副団長にべったりでしたね。奥様が嫉妬したんですか？　それなら……」

「ただの嫉妬じゃなかったんだよ」

「どういうことです？」

「彼女が嫉妬したのは俺と話す王妃たちではなくて、王妃たちの関心を引いていた『俺』だったんだ」

「それは……」

「誕生日パーティーを計画した時に、これまでのことを知りたくて彼女の侍女に聞いたんだ。すると彼女はケーキが食べられたらそれでいいと、毎年誕生日パーティーは断っていたそうだ。けれど、きっと旦那様に祝ってもらったら喜びますよって……」

「奥様はパーティーが苦手だったんですか？」

「俺も彼女の性格を考えて、派手なことが苦手だったのかなって解釈していた。それで、王妃たちを誘ったわけなんだけれど。でもパーティーに現れた王妃たちを見た彼女の反応を目にした時、違ったってわかったんだ。『どうして、ここにいるの？』って顔だった」

「ええと、『来てくれたんだ』じゃなくてってことですか」

「そう。それでまずいことをしたって思ったんだ。侍女は俺には言えなかったんだろうな。シャルロット姫の誕生日は家族が来てくれないので、パーティーを開かないんだって」

「まさか」

「彼女は俺が誘ったら来る王妃たちを見てみじめな気持ちになっただろうね」

ソレイユ班長が話を聞いて驚いている。俺だってそんなことになっていたとは思っていなかった。

「あのパーティーで俺は彼女をいい気分にさせておいて、主役の座を奪って見せつけるような真似をしてしまったんだ。それなのに、パーティーが終わってから寝室に行ったら、『ありがとうございます』ってお礼を言うんだよ。俺、情けなくて」

「お礼を……」

「違和感はあったんだ。ずっとシャルはわがままを言うどころか、周りを気にして立ちまわってばかりだった。王妃たちの態度を見ても、今まで彼女を大切にしてきたとは思えない」

「虐《いじ》めてはいないのでしょうが、無関心……もきついですよね」

「結婚が決まった時、俺は第三王女の顔すら浮かばなかった。当たり前だ、シャルは催事にもほとんど参加していないんだから。彼女は今までひっそりと自分の気持ちを抑えて生きてきたんだ。そしてきっと彼女の小さな幸せは食べること……」

「それで、あんなに太っていたんですか……」

酒の力も手伝って、パーティーの話やシャルの身の上を簡単に語った。話しているうちに泣きたくなった。

改めて言葉にすれば、そんな健気で頑張り屋の彼女に、俺はダイエットを強要し、彼女の唯一の楽しみである食べることまで取り上げていたのだ。

デート一つもまともにせず、体ばかり求め、なにをもって『愛されている夫』だと信じていたのか今となっては笑うしかない。

少しの沈黙の後、ソレイユ班長は思い出したことを話してくれた。

「そういえば奥様が生まれたくらいの頃に王と王妃の間に不仲説が出たことがあります。あくまで噂でしたが妊娠中に王が浮気したとか、なんとか」

「え？　国王夫婦はおしどり夫婦じゃ……」

「そうなんですけどね。でも当時の王妃の荒れようを考えると信憑性《しんぴょうせい》はありますね」

「……驚いた」

「真相はわかりません。でも、王妃が奥様にきつく当たるなら、当時のことを思い出してしまうからかもしれませんね。プライドの高い方ですから」

「だったとしても、シャルはなにも悪くない」

「ふふ……初めは、副団長が白パン姫と結婚するのを団員たちと気の毒に思っていたんですよ。きっと末っ子の甘やかされて太った王女と結婚させられるんだってね……でも、副団長のカレンダーに書かれている数字を眺めているうちにそうじゃないって、みんなで言い始めたんです」

「数字？」

「副団長、奥様の体重をメモしていたでしょう？」

「あっ……」

「人間て、意思が弱いもんです。特に自分には甘くなる。それが、誰かのために痩せるなんて、大変なことだと思うんですよ」

「そうだな……シャルは頑張った」

「正直、白鷺は訓練がきつい団で評判でしょう？　若い団員たちなんかは、カレンダーの数字を見て自分を奮い立たせていましたよ」

「はは……」

「二十二キロ……これは偉業ですよ」

「うん……。俺、シャルに我慢させてばかりだった。家のことも任せきりで。愛されているっていい気になって、今となってはどこからその自信が出てきたのかわからない」

「副団長ほど完璧な人でも悩むんですね……でも、人間味があってこっちの副団長の方が好きですよ」

「俺は完璧なんかじゃないよ。妻を怒らせて、泣かせたんだから。ああ……もう、どうしたらいいのだろう」

ソレイユ班長に愚痴を零す。誰かに弱音を吐くのは初めてだ。

「怒って泣く、というのは心を許していないとできないことです。きっと副団長に気を許しているのでしょう」

「気を許してくれたなら嬉しいけど……。でも驚くべきは俺がちっとも愛されてなかったことで」

「……これから愛を育めばいいのではないですか？　肌を合わすのは嫌いじゃないんでしょ？」

「ああ、それは」

「夫婦というのは深いところで繋がるんです。本当に嫌悪していたらわかりますよ」

「嫌悪は……ないと思う」

愛を育む……か。そういえばシャルは俺から「愛してる」と聞いたことがないと言っていた。言っていないのだから、当然か。

「ソレイユ班長は、自分の妻に……その、『愛してる』と告げているのか？」

「へっ⁉　あ……ま、まあ、うちは夫婦も長いんで。新婚の頃ほどとは言いませんが、でも、感謝の言葉と『愛してる』はちゃんと伝えるようにしています。夫婦は他人ですし、言葉にして伝えることも大切ですからね」

「ソレイユ班長は結婚して……」

「うちは結婚して十三年ですかね……」

「そうか。言葉にするのも大切なんだな」

話を聞いてもらったことで気持ちが楽になる。今日の当直がソレイユ班長でよかった。

そうだ、これから愛をたくさん伝えて……シャルに俺を愛してもらえばいい。

珍しくそのまま酔いつぶれた俺をソレイユ班長は簡易ベッドに寝かせてくれていた。

次の日、ソレイユ班長に礼を言い、決意を新たに屋敷に戻る。

自分の気持ちははっきりしている。俺はシャルを愛しているのだ。だから、あとはシャルに愛してもらうよう努力するだけだ。

顔を上げて俺はまっすぐシャルのもとへと戻った。

四章　愛をいつでもささやいて

「おはよう、シャル。愛してるよ」

「ただいま、シャル。愛してるよ」

「手を繫ごうよ、愛してるよ」

「怒った顔も可愛いね。愛してるよ」

……などなど。

あの日以来、フレデリックが「愛している」の大安売りをし始めた。もう使用人たちも慣れたもので微笑ましいとニコニコしている。

みんな、慣れちゃダメだ！

これは罠《わな》だ！

しかし、こんな攻撃に出るとは思いもしなかった。確かに毎回言われているとそんな気になってしまうから恐ろしい。言わないぞ。私は断じて言わないからな。

そして、フレデリックが譲歩したこともあった。

「シャル、今後のダイエットのことなんだけど」

にこやかに切り出したフレデリックに私は身構えた。あんなふう（ゴリラも真っ青）に寝室でボタンを飛ばしたんだ。太っていることはバレているに違いない。

「ダイエットのことはもう俺は口を出さないことにするよ。七十キロ以下ではあってほしいけれど」

「え。本当に？」

「シャルは食べている時の顔が一番幸せそうだからね。健康であるならどんなあなたでも愛してるよ」

ずっと厳しかったのに、どうした？　すっかり変わってしまったフレデリックにびっくりだ。けれどその言葉は本当のようでメイサにも今後は必要ないと話を入れてくれた。

これからは食事を見直して、シモシモのお菓子を我慢してとにかく七十キロに戻すのが目標。そのくらいなら頑張れる、と私も軽い運動を続けた。

「もう少ししたら、騎士団が忙しくなるから。その前に孵化するといいけど」

私が窓辺で卵を抱えて日向ぼっこしているとフレデリックが声をかけた。

「屋敷を空けるってことですか？」

「そうなるね。シャルが寂しくないようにこの子が生まれてくれたらいいな。ところで名前はつけたの？」

「まだです」

「俺がつけてもいい？」

「え？　まあ」

そういうのって私にゆだねるんじゃないのかな？　と思ったけど、名付けを譲ってくれそうもない雰囲気。

「『フレフレ』にしよう」

「はあ？　嫌ですよ！　そんなの」

「可愛いじゃないか」

「リックは嫌じゃないんですか？　私がペットをフレフレなんて呼ぶんですよ」

「シャルが留守の時にそう呼んでいると思えば嬉しい」

キモッ。

ん？　待てよ。そうすると「まあ、フレフレったら、こんなところで粗相して！」とか、「フレフレったらこんなこともできないの？」とかも言えるのか。それはちょっと気分がいいかもしれないぞ。

「……仕方ないですね。リックにもらったのですから、『フレフレ』にしましょう」

私がそう言うとフレデリックは嬉しそうに笑った。

眩しっ。ほんと破壊力半端ない美形だわ。

――でも。

時々、フレデリックが人間に見えてくることがある。いや、人間だけどさ。普段はなんか、いろいろと人間離れしてるから、同等に考えられないっていうか、なんていうか。

けれど、誕生日の一件からかなりマイナスだった好感度が上がった気がする。す、少しだけだけれど人としての温かみ、とかさ。

「ところでシャル、週三回の愛の情報交換の件なんだけど、会えない期間は回数を貯《た》めておくことはできるんだよね？　でも、それだと帰ってからが大変だから、今日から毎日でどうかな？」

愛の情報交換って、言い方が親父っぽい。しかも貯めておくってなんだよ。ポイント制でもなんでもないっての。冷めた目で見るとフレデリックが押し黙った。

やっぱり好感度は下がった。体目当てだった。

秋になると冬支度を備えるモンスターが活発になって街を襲ったりする。そのこともあって、騎士団はモンスター退治に大忙しだ。だからって、討伐に出るのはまだ三か月先のことなのに、なんで今日から毎日なのさ。それじゃあ、貯まってるんじゃなくて、前貸しじゃないか。

わけわかんない。

「先払いは受け付けしませんし、回数を貯めるなんて発想も却下します」

「ええと……そう。残念だな」

まあでも以前よりは私も思っていることを言えるようになった。

「それはそうと、来月は俺の誕生日があるんだけれど」

「お誕生日はお義母様に相談済みです。今度は私が仕切るので楽しみにしていてください」

「うん、まあ、楽しみなんだけど。プレゼントは俺もリクエストしたいんだ」

「ええと……もちろん」

そうなのだ。私の誕生日の翌月がフレデリックの誕生日なのだ。私の時はフレデリックに用意してもらったので、今度はブランシェ様に手伝ってもらって私が用意することになっている。

フレデリックのリクエスト……。その満面の笑みがうすら怖い。なにが欲しいんだろう……。

含みのある言い方に、なんだか嫌なドキドキがある。

そうして後にこのフレデリックのとんでもないお願いに、私は精神をガリガリ削られていくことになるのだった。


「飾りつけは凝らなくていいの。ただ、招待客がほとんど騎士団のメンバーだから、お料理はお肉をメインにしないとね。シャルロットちゃんは美味しいものをたくさん知っているから、一緒に準備するのも楽しいわ」

何気ないこともちゃんと褒めてくれるブランシェ様に照れてしまう。うおーっ、頑張るぞって思ってしまうよね。こんな人に育てられたフレデリックが羨ましい。だからあんなにポジティブに物事を考えられるに違いない。

あの幸せ者め。

「で、フレデリックにプレゼントのリクエストを聞いたの？」

「私が聞く前にお願いされましたが、当日に言うというばかりで……。品物ではないらしいのですが私には見当もつきません」

「品物ではない……じゃあ、シャルロットちゃんになにかしてほしいってこと？」

「そうみたいです」

「あら、まあ、お熱いこと」

ブランシェ様にこんなことは言えないが、あの男のことだ、絶対エッチなことをお願いしてくるに違いない。とりあえず、スライムのヌルヌル粘液プレイだけは回避するつもりである。

けれど、あとから聞けば、フレデリックが用意してくれた私へのプレゼント、ドラゴンの卵はとんでもなく入手が難しいものらしかったし、誕生日パーティーの準備も何か月も前から準備してくれていたということだった。

私としてはありがた迷惑だったけど、でも母と姉たちが参加できたのにはそんな入念な段取りもあったからだ。

あれほど私の時に張り切ってやってくれたのだから「誕生日くらいは願いを叶えてやるか」と多少は譲歩するつもりである。

「それでも、なにか残るものも贈りたいのです」

ここは、トンデモないことを言いだした時の保険にやはり品物も用意しておきたい。そうしないといざって時、断れないかもしれないからね。

「なにがいいかしらね……。剣の房飾りはどうかしら。ほら、無事を祈るアイテムでもあるし、これから討伐も増える時期だからフレデリックも喜ぶわ」

「なるほど」

剣につける房飾りというのは無事を願ってその伴侶や恋人が作ったものをつける習わしがある。作ったことはないけれど、結婚した夫の無事を願うのは妻の務めである。せっかく結婚したのになにかあったら困るからね！

「シャルロットちゃんが作るなら、教えていただける先生を紹介してあげるわよ？　一緒に習いましょうよ」

「是非お願いします」

意外にもフレデリックは今まで誰の房飾りもつけたことがないらしい。

そうして次の日にはブランシェ様が先生を連れて私のもとへと訪れてくれた。

先生は白髪をおしゃれに束ねた女性だった。年を重ねた笑い皺がその穏やかそうな人柄を物語っている。まとめた髪を飾っているのも美しく編まれた紐だ。あんな繊細なもの、編めるようになれるのかな……素敵。

そうして早速私は房飾りを教えてもらいながら制作した。

「まあまあ、シャルロット様ったら器用ですね。これなら立派なものができますよ」

ふふん、そうそう、褒めて褒めて。と気分よく紐を編んでいく。

「先生の教え方がお上手なんです」

なんて言いながら、まんざらでもない仕上がりに嬉しくなる。

だってさ、これ、売り物みたいじゃない？　お店で売ってるレベルだよね。

「ほんと、シャルロットちゃんは上手だわ。私なんてこんなだもの」

「お義母様はお義父《とう》様のループタイにしたんですよね」

「長く編むのが嫌になっちゃったから犬の首輪に変更するわ」

そんなブランシェ様の発言に三人でケラケラと笑った。ワイワイ誰かと作るのってとっても楽しい。それからは集中して頑張って編んでいって、これだけできるなら と先生はお守り石も編み込むように教えてくれた。

「できた……」

「まあ、素敵ね！　シャルロットちゃん」

初心者とは思えない出来栄えの房飾りに大満足である。

「旦那様もきっとお喜びになるわね。ではこの箱に入れてラッピングしましょう」

用意してくれていた箱に房飾りを入れて、青緑色のリボンをかけた。「あらあ、フレデリックの瞳の色のリボンね、ウフフ」なんて隣で見ていたブランシェ様にはからかわれてしまった。た、たまたま、目についた色が青緑だっただけだもん。

今まで刺繍は教わっていたが人並み程度で、こんなに楽しく感じることはなかった。私ってば組み紐編みに向いていたのかも。先生は、他の編み方も教えてくれるというので、それもお願いしたいと言った。

これでフレデリックへの贈り物もできた。

誰かの誕生日に手間暇かけるってのも悪くない。喜んでくれるかな、とか似合うかな、とか考えるとちょっとワクワクしてしまう。

お誕生日パーティーの飾りつけの手配も済んで、あとは当日に頑張ればいいだけだ。食事の手配はブランシェ様の言っていたように肉をメインに選んだ。体も大きい騎士団のメンバーはとにかくよく食べるそうだ。

ステーキ、ローストビーフ、串焼き、チキンの丸焼き、テールスープ……と、かなりのボリューム。酒豪も多いらしいのでお酒もたくさん用意した。

騎士団の人たちってどんな感じだったかな。結婚パーティーの時も誘われた（即行断った）けれど、なんだか陽気な人たちだったことしか覚えていない。ブランシェ様に私の時とは違ってワイワイうるさくなるとは言われているが想像がつかない。

ほとんど初対面だろうし、私に話しかけてくることはないだろう。当日は大人しくしておくに限るな。そうしてとうとうフレデリックの誕生日がやってきた。


「おはよう、シャル」

誕生日当日、主役の男に私はユサユサと朝から揺り起こされた。

「んあ……」

朝日に照らされたキラキラ美男子は私を無理やり起こしてから、こちらをじっと眺めていた。

「シャル、おはよう」

起き抜けにすごく圧を感じる。

「……おはようございます。そして、お誕生日おめでとうございます」

「それで？」

それで？　……それでってなんだ。回らない頭で考えるが、多分これは一か月前に俺が言ったことを言え、と催促されているのだろう。

「リック、生まれてきてくれてありがとう」

「うん！　シャル、愛してるよ！」

ようやく思い出して言った私にフレデリックは満面の笑みを浮かべて抱きしめてきた。

そうして、興奮のあまり体を揺さぶりながらギュウギュウ締め上げる。

「リック、揺さぶらないで、吐いちゃいます……」

「ごめん、ごめん。で、プレゼントなんだけど」

「あ、それなんですけど」

「ん？」

私は青緑のリボンをかけた箱を引き出しから出してフレデリックに渡した。

「プレゼントです」

「え……」

渡されたフレデリックはじっと箱を眺めてから青緑色のリボンをほどいた。

「房飾りだ」

「無事を祈って編みました」

フレデリックの未来は私に影響が大きいからな。未亡人になってまたどこかに嫁がされるのは勘弁してほしい。そのためにも無事でいてくれないと困る。だから、これは私のためにも必要だったものと言えるのだ。

「まさか……シャルが編んでくれたの？　とても綺麗だ」

「初めてにしては上手いと先生も褒めてくれました」

フレデリックは手に取った房飾りを日にかざしてみたり、近くで見たりと忙しい。あまりのハシャギように私も大満足した。

よしよし、喜ぶがいい。

そうして早速フレデリックはベッドから下りて、自分の愛剣を出してくるとすぐに房飾りを取りつけた。

シャキン……。ブン、ブウン。

いや、怖いから剣は振らなくていいよ。

フレデリックは房飾りの揺れ具合を楽しんでいるのか、数回剣を振りまわしてから鞘《さや》に納めた。満足してくれたのならそれでいい。

「ありがとう、シャル、宝物にするよ」

先手必勝。これで、よからぬ企《たくら》みはやめるように、という思いも込めて渡したが、フレデリックはなにかを取りに行ってから戻ってきた。

「じゃあ、俺のリクエストのプレゼントもお願いしようかな」

「むむっ」

ベッドに腰かけて様子を見ていた私にフレデリックがにじり寄ってくる。

お前、まさか、お誕生日パーティーの前にしようってんじゃないだろうな。

思わず身構えているとフレデリックは後ろ手に隠していたものを前に差し出した。

「じゃーん」

それはピンクと白の縦縞《たてじま》の可愛い箱。その上部は丸くくりぬかれていて、中に数枚折りたたんだ紙が入っているのが見えた。

「なんですか？　これ」

予想外のフレデリックの行動に警戒心がＭＡＸになった。

「あのね、この中には俺の要望が入っていて、シャルがそれを引いたら、その要望を叶えてほしいんだ」

なにそれ、怖くて引ける気がしない。

「よ、要望？」

「もちろん、俺がいない日はなしだし、一日一回でいい。けど、引くのは来年の俺の誕生日まで続けてほしい」

「一年もって、長くないですか？」

「そうだけど、難しいことは書いてないし、大体は書いてある言葉を言ってくれるだけでいい」

「え？　言葉だけ？」

「んー、頬にキスしてとか、抱き着いて、とかはあったかも。俺たちの仲が深まるように用意したものだから」

あれ？

そんなに可愛い要望なの？

時々キスしてくれだの、抱き着いてくれだのなら、普段から言われるので今さら大したことではない。

「じゃあ、いいかな？　今日から一つ引いて」

「う、うん」

差し出されたピンクの縞模様の箱に手を入れて、カサカサと探って一枚の紙を取り出した。

「はい。俺が開けるね」

それをフレデリックが私から受け取って、広げて見せた。

——三十分に一度好きと言う。

「へあうあっ」

思わず変な声が出てしまう。

じょ、条件がついてるなんて聞いてないぞ！

「じゃあ、今日一日お願い。さ、この砂時計を持っていて。三十分経《た》ったら揺れるように細工されているから」

「え、でも、これは……」

「指示に従うのは俺が近くにいる時だけでいいよ」

「あ、や、だって今日はゲストが」

「シャルは賢いから、上手くやるでしょ?」

「はい」とフレデリックに素早く砂時計がついたネックレスをかけられた。

「こんなの、ちょっと無理がありませんか?」

「いきなりハードなものを引いちゃったのはシャルだけど?」

「え、そうなのですか?」

「他のも見てみていいよ」

そう言われて箱の中の他の紙を広げると『抱き着く』『頬にキス』『大好きと言う』とか簡単なものがほとんどだった。どうやら初《しょ》っ端《ぱな》から私がスペシャルカードを引いてしまったようだ。

「じゃあ、よろしく」

もう一度言われて私はしぶしぶフレデリックに向き合った。

「……好き」

「うん。俺も愛してるよ」

これ、三十分置き? パーティー中も? 今日のことを思うと、私は憂鬱になる。どうして私はよりにもよってこんなのを引いてしまったのだろう……。

面倒に思いながらも、私は着替えてパーティーの準備をするために会場に先回りした。

その間はフレデリックとも離れているので、お願いは発動されない。

あれ? 思っていたより楽勝じゃん。要は時間までに『好き』と言うだけだ。パッと耳元でささやいちゃえば、一瞬で終わる。簡単、簡単。

そう思い直してから、私は会場の最後の確認をして、フレデリックとゲストを迎えた。

時間になってぞくぞくと招待客が集まってくる。ブランシェ様が言っていたように、招待客はほぼ騎士団の人たちで埋め尽くされた。あとは義両親くらいかな。

招待客はフレデリックが選んだ人たちだ。いつも分け隔てなくニコニコと人に接しているけれど、彼の気の置けない人は騎士団員たちのようだ。

しかしさすが『白鷺の騎士団』の面々。体格のいい人ばかりである。彼らは憧れのエリート集団なので、女の子たちに大人気である（結婚後調べによる情報）。

興味があるかな？　と思って、ミラとリリーにも声をかけてみたけど、「大きい人は怖いからいい」と断られた。シモシモに至っては「むさくるしいから無理」とのこと。私の友達は世間の女子と違って興味がないようだった。

受付でフレデリックとお出迎えをしていると、騎士団のみんなが私を見て優しく微笑んでくれた。なんか非常に好意的である。フレデリックが怖がらせないように言ってくれていたのかな。

そうしているうちに首から下げていた砂時計がブルブルと震えだした。

三十分である。ちょうど最後のゲストを迎え終えて、フレデリックと会場に戻るところである。

すぐにみんなの前で挨拶があるのに。

ううう。なんでこんなタイミングで……。

しかし、さっさとしないと、みんなの前で言わなくてはならなくなってしまう。

私は歩きながらフレデリックの腕をキュッと引いて手で耳元を隠して小さく彼に告げた。

「好きです」

こっそりと言うと彼は私の方を見て蕩けるように笑った。

「俺も、愛してるよ。シャル」

「え」

な、な、なんでおっきな声出してんの？　みんなこっち見てんじゃん！　しかも、私がまるで「愛してる」って言ったみたいになっているじゃないか！

驚きで固まっていると砂時計がひっくり返った。

ちょっと待て。まさか、お前、毎回そうやって返してくる気でいるんじゃないだろうな！　サーッと血の気が引いていく。

「ほら、立ち止まっていると、みんながこちらに注目するよ？」

「わわっ」

慌ててフレデリックの腕を掴んでいた手を離すと、みんなの視線が集まっていた。恥ずかしくて顔が真っ赤になるのが自分でもわかる。なんで、こんな……。

下を向いてやり過ごそうとすると、私の頭にちゅっ、とキスをしてからフレデリックはなにもなかったように私の腰に手を回した。

ざわ、ざわ……。

いたたまれなくてそのまま下を向くしかできない。もう、イヤ。耳まで熱くなってきた！

腰を抱かれて逃げられないまま、隣でフレデリックの挨拶が始まる。

そしてみんなの前に立ったフレデリックは自分の誕生日に集まってくれたことに対する感謝を述べていた。こういう時、この男は堂々としている。

私もお客様に挨拶しないと、となんとか心を落ち着かせて顔を上げた。

「……ブランシェ様にお手伝いいただき、ささやかながらお祝いの席を設けさせていただきました。どうかフレデリックの二十八歳の誕生日を祝うとともに楽しんでいただけたら幸いです」

何度もこっそり練習した言葉だったが、動揺させられていたので言葉の最後の方は尻すぼみに小さくなってしまった。

私だってこのくらいはちゃんと言いたかったのに。きっとさっきの「好き」が尾を引いて顔が赤いままだったに違いない。

「わわっ」

そんな私の腰を引いてフレデリックは私を隣にぴったりと抱き寄せた。

みんなの前なのに！

あわあわしているとあちこちからヤジが飛んできた。

「副団長、お熱いですね！」

「よっ！　幸せ者！」

ヒューヒュー、とからかわれてもフレデリックはただ嬉しそうだった。誕生日だから、こんな好き勝手許してあげているんだからね！

それからみんながフレデリックにお祝いを言って、歓談しながら食事を取ってもらった。食事は立食で、好きなものを取れるようにビュッフェ方式にしていた。楽しんでくれているようで用意した私もホッと胸を撫でおろした。

さあ、私も食べようかと思っていると、簡単にみんなに私を紹介するとフレデリックに連れまわされる。こんなことなら断らないで結婚パーティーの時に挨拶しておけばよかった。

「団長のカーネギーです」

白鷺の騎士団の団長は白髪交じりのがっしりとした人だ。年は私の父と同じくらいだろう。

少し話しただけでフレデリックのことをとても可愛がっているのがわかった。

「ゆくゆくは彼に騎士団を……」

しかし、話が長い。

いろいろと話しかけてくれているのに、私は生返事しかできない。だって、このまま話が続くと砂時計が三十分を告げてしまう。

「彼ほど素晴らしい人材は出会ったこともなく……」

うんうん、フレデリックはすごいよね！　でも、もういいですか？　でないと私、あなたの前で醜態をさらしてしまいますので。

ちらちらと助けを求めてフレデリックを見上げてもにっこりと微笑まれるだけだった。

この役立たず！

いっそのこと、このお願いを反故《ほご》にしてやろうかと思ったが、それはそれでなんだか『負けた』ような気がして嫌だった。

「では、これからも夫のことをよろしくお願いします」

やっと話を切り上げることができて、ほっとすると、ギリギリのところで砂時計が震えた。

くるりと団長に背を向けてフレデリックにこっそり「好きです」と言う。

よし、これでクリア！　ふーっ。

「俺も、愛してるよ、シャル」

「ひいっ」

だから、大きな声で返すのヤメテってば！

今朝からまだ三回しか「好きです」と言っていないというのにもう私の精神はがりがりと削られていた。心底楽しそうなフレデリックが恨めしい。

「シャル、どうしたの？　ほら、赤身のお肉をお食べ」

……もぐもぐ。

「今日はたくさん食べていいけど、飲み物は冷やしたこのハーブティーにしようね」

……ゴクゴク。

正常な精神力を持ちこたえさせるためにもエネルギーの補給をしなければ。

フレデリックが運んでくる食べ物を口に入れて飲み込んでいると、周囲の生温かい視線に気がついた。

はっ、私、今日の主役になにを……！

「リック……」

「なんだい？」

「ええと」

やめさせようとフレデリックを見ると、このタイミングでまた砂時計が震える。

「……好きです」

「俺も、愛してるよ、シャル」

……だから、そうじゃない。そうじゃないって。

「どうして私が小声で言うのに、大きな声を出すんですか！」

とうとう抗議するとフレデリックはフム、と少し考えたようだ。ようやくわかったか、周りの生温かい雰囲気に！　誰が人のイチャイチャぶりなんて見たいって思うのよ。ちょっとは注目されているって自覚しろ！

そう憤慨していると、黙っていたフレデリックが私の顔に頬を寄せてきた。

「……俺も愛してるよ」

耳元で彼がささやくようにそう言った。

「へっ……」

ヤダ……もう。イケメンボイスの効力怖い。

「おっと、シャル大丈夫？」

ヘナヘナと腰が砕けそうになったところをフレデリックが支えてくれた。破壊力のある声に私は両手で顔を覆うことしかできなかった。

そうしてなんとかフレデリックの誕生日パーティーを終え、私の公開処刑も終わった。

帰り際、ゲストを見送る時に、フレデリックは義両親に「ほどほどにしなさいよ」と注意されていた。……もっと言ってやってください。本人はどこ吹く風だけど。

「俺もダイエット頑張ってます！」

「ああ、ええと、頑張ってください？」

足を運んでくれた感謝にとゲストへのお土産はワインを用意した。見送りながら渡したのだが、その時にやたら私は話しかけられた。

「日々の積み重ねが大事だって教えていただきました。ありがとうございます」

「いえ、どういたしまして？」

なんのこと？

結婚式の時の私と比べればずいぶん痩せたからかな。まあダイエットはこれでも成功者と言えるだろうからね。キラキラした目で見られれば悪い気はしなかった。

なぜかみんな握手を求めてきて、帰っていく。

「うわっ、柔らかっ」

「赤ちゃんの手みたいですね」

とか言われると恥ずかしかった。でも、みんなとても親切そう。

「騎士団のみなさんはフレンドリーなんですね」

私がリックに言うと、彼は苦笑いした。

「騎士団本部にある俺のカレンダーにシャルの体重を書き込んでいたら、勝手にみんながその推移を見て励みにしていたみたいだよ」

「へ？」

「うん、だから、シャルは同志だと思ってるみたい」

「ちょっと待ってください」

「ん？」

「わ、私の体重をカレンダーに書き込んでいたのですか？」

「そうだけど」

「そうだけど、じゃないですよ！　乙女の体重をなんだと思っているのですか！　個人情報漏洩《ろうえい》です！　勝手に知らしめるなんてひどいじゃないですか！」

「えええ……」

「そういうところがっ」

ヒートアップしていると砂時計がブルブルと三十分を告げる。ぐ、ぐぬぬぬぬぬっ。

「……好きです」

「俺も愛してるよ」

ぐ、ぐぬぬぬぬっ！

結局うやむやにされたこともあるが、誕生日パーティーは全体的には上手くいったと思う。フレデリックも始終楽しそうだったし、ゲストも満足してくれてたっぽい。

「リック、楽しく過ごせましたか？　あ、好きです」

最後のゲストを見送ってから聞くとフレデリックは嬉しそうに笑った。

「愛してるよ、シャル。今までで一番嬉しい誕生日だった」

こんなふうに言葉を返す彼に胸が熱くなる。まいっちゃうな……。

そうしてパーティーは幕を閉じた。

フレデリックの変なお願いのせいでずっとドキドキしなければいけなかった私は、ご馳走を前に食欲があまり湧かないという初体験をした。

＊＊＊

「はあ、これで終わり、じゃないな……。今夜はやっぱり覚悟がいるか」

パーティーは無事に終わったが、「では疲れたし、寝ましょう」とはならないだろう。湯浴みを済ませると、なんだかセクシーな下着が用意されている。

うーん……。

誕生日だから、なのか。仕方ないか、誕生日だし。

以前よりは食い込まなくなった下着をつける。でもネグリジェとかノーセンキューだ。そう思ってパジャマを着込んだ。これできっとセクシーさも薄れるだろう。

なんとなく、落ち着かない気持ちでベッドに腰かける。足をぶらぶらさせてから、卵を持ってきて抱え、抱きしめた。

「お誕生日だからね……。私も、祝ってもらったし」

私の誕生日の時は、泣きだしたりして迷惑をかけた覚えがある。あの時は朝起きて祝ってもらったのも嬉しかったし、リクエストの卵（ペット）ももらった。

あれから……。

フレデリックは毎日「愛してる」と私に言うようになった。

そして、今日、不本意ながらも何度も彼に「好きです」と繰り返して……不思議な気持ち。

「なんていうか、うーん……」

モヤモヤするのとはまた違った感情。

なんだろう。とにかく落ち着かない。

「どうしちゃったんだろう……。フレフレ、どうすればいい？」

抱えた卵に聞いても返答があるわけもない。芽生えたこの感情がいいものなのか悪いものなのかもわからなかった。

そうしているとカチャリと寝室のドアが開いてフレデリックが入室してきた。

「コツコツ音はまだしないかな？」

彼は私が卵を抱えているのを見てそう言った。

あれ。

フレデリックが来たら気持ちが落ち着いた……。

変なの。

私は卵に耳をつけて音を探った。

トクトクと音は聞こえてもコツコツは聞こえていない。トクトクは心臓の音で、コツコツは生まれる前に中から殻を割る音らしい。

「まだ、ですね」

「もうそろそろだと思うんだけどな」

フレデリックはそう言いながら、優しく私の腕の中から卵を持ち上げて窓際の毛布の上に戻した。

ぼんやりとその姿を見て、フレデリックがベッドに戻ってくるのを待った。

「好きです」

「俺も愛してるよ」

するりと出た言葉はフレデリックのお願いを覚えていたからだと思いたい。

「今日は素直だね」

「……お誕生日だから」

パジャマを肩から落とすとむき出しになった肌にフレデリックが唇を寄せた。

「ありがとう。シャルが一番の贈り物だな」

「そんなもの、嬉しいの？」

もう結婚しているというのに私が贈り物になんかなるのだろうか。

「シャルに安心できる場所を作りたいんだ」

「なにそれ……ん……」

「愛してるよ、シャル」

たくさん言われるとなんだかよくわからなくなる。でも当たり前になったその言葉は私の心の奥底に浸透し始めている。

耳に唇を寄せられて、くすぐったさに身をよじる。私のそんな様子にフレデリックが笑ったのがわかった。

「俺に愛されるのに慣れようね」

フレデリックは私を愛しているという。

愛してるってなんだろう。

とても、欲しかったものだとはわかっているけれど、私はどうして欲しかったのだろうか。

「さあ、キスしよう。舌を出して」

促されて口を開ける。おずおずと舌を出すとフレデリックの口に吸い込まれてしまう。互いの舌がこすれ合って、だんだんと頭がしびれてくる。

力が抜けてふにゃふにゃになってしまう私をフレデリックが支える。耳に届くキスの音がピチャピチャといやらしく、私は次を期待して体の奥を熱くする。

「すぐにでも繋がれそうだね」

その声でまた蜜が零れてくるのを感じた。秘所を指で探ったフレデリックはそこがもう潤っているのがわかったのだろう。

恥ずかしくて顔が熱くなる。まるで早く繋がりたいと願っているようだ。

「はうっ」

そこで、ぐっとフレデリックの指が入ってくる。いつもは入り口をくすぐってから差し入れてくるので驚いた。中に入った指は私の中を広げるように動いた。

「シャルのいいところ、たくさんこすってあげるよ」

長い指が肉壁をこすり上げる。

「あ、あああっ」

思わずフレデリックの腕にすがりついてしまう。

「ここ、好きだよね」

「くうううっん」

私より私の体に詳しいような言い方をされる。でも悔しいけれど気持ちいい。じわじわと広がる快感に、私の体はもっと満たされたいと訴える。

フレデリックが欲しい。

あなたが、この不安定な気持ちをどうにかしてくれるのだろうか。

しかしいつもならすぐに入ってこようとするフレデリックが入ってこない。胸をふわふわと楽しんで、乳首を刺激し、さあ、では、と進むのだが、こない。

「ど……して？」

快感で揺らぐ視界のフレデリックを見ると彼はしきりになにかを気にしていた。

なに？

「シャル、俺が欲しい？」

コクン、と頷くと熱い塊を押しつけられる。ようやく、と思って待っていると、にゅるにゅると入り口を探るだけだ。

「リック？　入れて？」

待ちきれなくなって言うとフレデリックはぐっとなにかを我慢した顔をした。私はすでに期待で熱くなった自分の体を持て余している。

ジンジンとフレデリックを欲しがって、膣がヒクヒクと収縮する。

まだ？

も、待てない……。

「リック……」

自分でも驚くほど甘えた声が出た。

それにびくりとフレデリックの肉棒が反応した。けれど、まだ私に入ってくることはなかった。

どうしてこんなに焦らしてくるのかが理解できない。

なんだか泣きそうな気持になっていると、ベッドサイドに置かれていた砂時計が震えた。

え？

それが合図だったというように、一気にフレデリックが潜り込んできた。

「はあああっ！」

ミチミチと剛直が膣を広げるように入ってくる。待ち構えていた私の体がビクビクと震えた。ああ、これが欲しかったのだと体が満たされる。

頭がおかしくなりそうなくらいの快感……。

「シャル……愛してるっ」

「あ、ああっ」

「ほら……」

ズン、と最奥が突かれて体が揺れる。頭がしびれて、なにも考えられない。

「シャル」

甘い声の先に見えるのは揺れる砂時計……。

そこで私はフレデリックの魂胆に気がついた。くううっ……。

い、言いたくない。

「シャル、愛してる」

「ふううううっ」

今度はぐりぐりとかきまわされて私はフレデリックにすがった。

「言ったら……、たくさんいいところを突いてあげる」

ううう……。

中に肉棒を収めたままでフレデリックが催促してくる。私が意地を張れば、このまま動いてくれないだろう。目尻に涙が溜まる。あとで、覚えてろ。

「……好き」

小さな声を出すと、フレデリックが私の中でグン、と大きくなった。

「ひぃぃいっん」

「愛してるよ、シャル」

そこからのフレデリックはすごかった。私の体を揺らしながらズチャズチャと腰を打ちつけ、最奥を突く。

「しゅき……っ、す、しゅきいぃぃっ」

激しいその律動に、もはや自分の口から出る言葉に意味などなかった……。けれど、困ったことにその言葉を唱えると堪らない快感が伴ったのだ。

そのまま一度絶頂に達すると、私の口からは「好き」という言葉がするすると抵抗なく漏れ出た。行為中に何度も口にしていたと思うと、あとになって冷静になれば消し去ってしまいたい黒歴史である。

次の朝、砂時計が私をあざ笑うように見えた。

絶対これ、嵌《は》められてる。

よく考えたら、どうして初めから砂時計なんて用意されているのさ。ふつふつと腹が立ってきて、私は隣で眠っている美しい男の頭に拳骨《げんこつ》をお見舞いした。

ガツン！

わけがわからないって顔のフレデリックが目を覚ます。でも、私がふくれているのを見てなにかを悟ったのか、イタイ、イタイと大袈裟に痛がったあとに……。

「おはよう、愛してるよシャル」

と言った。


あれからフレデリックが屋敷にいる日はカードを引いたけど、スペシャルカードが出ることはなかった。やっぱり、あれは偶然？

いや、フレデリックが強運を持っていても今さら驚かないが。

コツコツ……。

コツコツ……。

その日の深夜、なにか音がして私は目が覚めた。ガバリと体を起こして耳を澄ます。

窓際からその音は聞こえる。卵だ！　急いで卵の様子を窺うと、卵からコツコツという音が聞こえる。

「まさか、フレフレ……ついに⁉」

待ちに待ってたこの日が！　ベッドに戻って私はフレデリックを揺らして起こした。

そうしてまた卵のところへ戻ると、確認。殻が割れているところはまだなかった。

私があたふたする様子を寝ぼけまなこをこすりながらフレデリックが眺めている。

「リック！　ついに、フレフレが！」

うんうん、とまた寝ようとするフレデリックを揺すると「殻が破れるまでもうちょっとかかるから」とシーツの中に引き込まれる。

「んーっ！　リック！」

簡単に抱き込まれてしまったけど、私は卵が気になって仕方がない。フレデリックの脇腹をコチョコチョして隙間を作ると腕の中から逃れてまた卵のところへ行った。

ワクワク。ワクワク。

なかなか変化が起きないので椅子を持ってきて卵の目の前に座る。ジーッと待つこと二時間。やっと小さな穴が開いた。

「頑張れ、フレフレ。もうちょっとだよ！」

私はずっと卵に話しかけた。うるさかったのか途中で目覚めたフレデリックはベッドの中から私を眺めていた。

やがて朝日が見える頃には穴が小指の先ほどになっていた。

「リック、鼻先が見えてきた！」

「本当だ。これならお昼くらいには出てこられるかな」

起きてきたフレデリックが私の頭にちょこんとキスをしてから卵をのぞき込んだ。

「で、出てきたらどうしたらいいの!?」

「まだ目が開いていないだろうから、籠に藁《わら》を敷いてやって。それから、そこに置いているベビーフードをお湯でふやかして口に運んでやるといいよ」

「……リックはドラゴンに詳しいの？」

「実家で昔飼ってたことがあるから。俺は仕事だから母にお昼頃に来てもらえるように伝えておくよ」

なんと、フレデリックはドラゴンの飼育歴があるんだ！

「あ、ありがとう！」

心底フレデリックを尊敬した。すごい、頼りになる！

それからは気が気じゃなくて、フレフレの近くにいたくて、朝食もそこそこに寝室に戻った。

椅子を引いてきて、卵の前を占領する。

相変わらずコツコツとフレフレが少しずつ殻を割っていた。

手助けして割ってはいけないのかとフレデリックに尋ねたが、長時間になって弱ってしまう時以外は手助けはしない方がいいと教えられた。

「頑張れ、フレフレ……」

初めは興味深そうに一緒に見ていたテティも時間がかかるので仕事に戻っていった。私はドラゴンの飼育書を何度も読みながらフレフレが出てくるのを待った。

「ピイ……」

そうして昼食を食べながら待っていると、フレデリックが言っていたようについにフレフレが卵から顔を出した。

「テティ！　テティ！　産まれた！　フレフレが！」

大興奮の私の声にテティが大急ぎでやってきた。

「わあ、生まれたのですね」

「うん……」

一か月と少しの間、毎日話しかけてきた卵からフレフレが生まれた。

あ、これ。

『生まれてきてくれて、ありがとう』だ。

「ピイ」

フレフレの肌のピンクが生々しい。頭の部分が胴体より大きい。目玉はまだ膜が張っていて開いておらず、体のわりに大きな目が飛び出ているように見えた。

「なんだか、思っていたよりグロテスクですね」

テティが言うように、フレフレはなんだか羽をもがれたローストチキンのようだった。モフモフもしていないし、肌がむき出しで心もとない。でも、その頼りない姿でもピイピイと力強く鳴いて、なにかを必死で探していた。

「お腹が空いているのかな？」

「あ、今反応しましたよ？　どうやら奥様の声がわかるようですね」

「え……？　わかるの？　フレフレ」

私が話しかけるとフレフレは小さな頭を動かしながら声の方へ動いた。恐る恐る手を出して、フレフレをそっと持ち上げた。

「ピイ……」

「フレフレ」

両手でフレフレを包んでいるとフレフレが私の手の温もりに安心したのか動かなくなった。

なんですか、これ。赤ちゃんってこんなに可愛いの？

見た目は到底可愛いなんてものじゃないのに、愛おしさが半端ない。

手の中で私にすべてを託している。

根拠もなく、ただ、そこにいるというだけで。

「生まれてきてくれてありがとう、フレフレ」

胸が熱くなって、涙で視界が揺れた。私はしばらくそのままフレフレを手の中で休ませていた。

だって、ずっと外に出るのに頑張ったんだもんね。疲れていて当たり前だよ。

私の手はしびれてしまったけれど、そんなことは些細《ささい》なことだった。

そっと、慎重に眠ってしまったフレフレを藁の上に乗せて、飼育書に書いてあるように離乳食の準備をした。

フレフレが起きたらお湯でふやかせるようにお椀《わん》にドライフードを入れておく。スプーンで口元に持っていく時は声をかけてあげるといいらしい。

「シャルロットちゃん、来たわよ」

そうして私が飼育書に齧りついていると義母のブランシェ様が来てくれた。フレデリックがちゃんと伝えてくれたようだ。

実家で昔飼っていたというのは本当のようで、ブランシェ様はドラゴンの赤ちゃんの世話をよく知っていた。

「もともと私の故郷でドラゴンを飼っていたのよ。その縁もあって昔飼っていたんだけどね。その子が虹の橋を渡ってからはもう飼わないことにしたの。……犬は飼っているけど」

「そうだったのですね」

「可愛いけど、ドラゴンを王都で飼うには申請がいるからね。家の庭のサイズ次第では許可が下りない場合もあるのよ？　ここは十分広い敷地だからすぐ許可が出たけど」

「リックはそんなこともちゃんと手続きしてくれていたんですね」

「可愛いシャルロットちゃんのためなら大したことじゃないのじゃない？　あ、抱き上げる時はこうね。羽が生える背中は触れられるのを嫌がるから気をつけて」

「こう……あわわ」

「エサは熱湯でふやかすけれど、与える時は人肌でね。フードに指をつけて確かめればいいわ」

「なるほど。アチッ……もうちょっとかな」

フレフレは起きるとピイピイと餌をねだった。

「フレフレ、ご飯だよ」

私が声をかけるとフレフレが声をたどって口を開ける。そこに餌をスプーンで運んだ。

モグモグ……。モグモグ……。

まだ目の開いていないドラゴンは声で母親を判断するらしい。そのためブランシェ様はフレフレが起きてからは無言を貫いてくれた。複数の声が聞こえると混乱してしまうらしい。

餌を食べるとしばらくしてフレフレはまた眠ってしまった。

「プソリオのホワイトドラゴンは育てたことはないのよ。とても希少で、それこそ王族しか飼ったことがないのではないかしら。育児放棄の卵なんて欲しがる人はたくさんいたはずよ。フレデリックはそうとう無理をして手に入れたみたいね」

「そ、そうなのですか」

苦労して手に入れたのは知っていたが、それほどだったとは。

「小さくて、とても賢いのよ。で、警戒心が強いからきっとこの先、あなたとフレデリックにしか懐かないわ」

「ええ……」

「ドラゴンはそういう気質なのよ。仲間意識が強くてその範囲が狭いの。同じ種族でも家族以外には攻撃的だからね」

フレフレ……お前ってやつはなかなかの性格らしいな。

「あと、食べさせると危ないものを教えておくわ」

「危ないもの、ですか？」

「まあ、フレデリックがそのあたりは管理しているでしょうけど、炎の石、氷の石とかドラゴンにはその生息地にたくさん採れる鉱物があってね。それを食べたら炎を吹いたり、氷を吐いたりするのよ」

「食べたら、そんなことができるんですか⁉」

「もちろん食べさせなきゃいいから」

「ドラゴンってすごいんですねぇ」

私が感心しているとブランシェ様は笑った。

「シャルロットちゃんは本当に可愛いわね」

ブランシェ様からいろいろと飼育のポイントを聞いてメモをして、私はフレフレを育てるのに奮闘した。


しばらくして、フレフレに体毛が生えてくるとコロコロと丸く可愛いモフモフになった。真っ白い体に開いた目は碧……ちょっとフレデリックを彷彿させるけど、まあいい。可愛いから許す。

「フレフレ〜！　もう！　ああっ」

私が呼ぶとフレフレがお尻を揺らして向かってくる。その姿といったら、可愛いったらありゃしない！

「シャル、ただいま、愛してるよ」

「ん？　ああ、お帰りなさい。んもーっ！　フレフレ！」

私の指にすがって甘えてくるフレフレを手に乗せて、帰ってきたフレデリックにようやく向き直ると、ちょっとむっとした顔が目に入った。

「シャルがフレフレを可愛がるのはいいことだけど」

フレデリックが私の目の前にピンクの縞模様の箱を出してくる。私はそこに手を入れてカードを一枚引いた。当然のようにそれをフレデリックが広げた。ここのところスペシャルカードは引いていなかった。

——頰にキス。

カードを見た私は少しかがんだフレデリックに背伸びしてからちゅっと頰にキスをした。こういうのは、さっさと済ますに限る。フレデリックは自然な動作で私にキスを返した。

そうしてついでにフレフレの頭を撫でた。

「シャルをしっかり守るんだぞ」

「ピイ」

当然お世話をしている私を一番に慕っているが、フレフレはフレデリックにも懐いている。なんていうか、親のように思っているようだ。

ええと、私がママで……フレデリックがパパ？

……いや、照れてない。照れていないんだから。

フレフレが生まれてから急にフレデリックと家族になったと実感することが多い。フレデリックが私の安心する場所を作ってくれるというのはこういうことなのかもしれない。

以前は両親や兄姉の動向が気になっていた節があったのだが、最近はちっとも気にならなかった。いや、忘れていたというレベルである。

「この先、なにがあってもフレフレだけはなんとか食べさせてあげるからね」

フレフレに頰擦りして、そんなことを言う。いや、私は真剣だ。なにがあってもフレフレとは離れ離れになったりしない。

「ちょっと、なにがあったらそうなるんだよ。俺だってシャルを手放したりしないし、守るから、その時は一緒だぞ」

「あーハイハイ」

私が適当に答えると「本気なのに」とフレデリックがいじけていた。こんなふうに、なんだか幸せかもしれない毎日が過ぎていた。

この頃になると私の中でフレデリックは「安心できる場所」になりつつあった。

時々、うっとうしいことはあったものの、すっかりフレデリックの妻であることに慣れてきていた。そうして秋になり、いよいよ本格的にモンスターたちが凶暴になる時期を迎えたのだった。

五章　信頼とその先にあるもの

出発の朝、私はフレデリックを玄関の外まで見送りに出た。

「じゃあ、行ってくるね。留守の間は頼むよ」

「わかった」

「愛してるよ、シャル」

「あーハイハイ」

今日出発するとフレデリックは遠征で一か月は帰ってこない。主人の留守の屋敷を守る私はフレフレと戯れ、ブランシェ様と組み紐をし、めいっぱい楽しむつもりだ。

さあさあ、頑張ってこい。働いて私とフレフレを十二分に養うのだ。

フレデリックがピンクの縞模様の箱を無言で差し出し、私はそれを引いた。こんな時にまで持ち出すな、と箱を受け取る。

――唇にキスして、いってらっしゃい。

おいおい、こうもタイミングよくこんなカードくるか？　と思ったけど、一か月も留守にするんだ。我慢、我慢。

私が肩に手を伸ばすとフレデリックはかがんで顔を突き出してきた。

ちゅっ。

「いってらっしゃい。ご無事をお祈りしています」

そう言うとフレデリックは満足そうに出発していった。

無事に帰ってくるんだぞ。もう一人の体じゃないんだからな。

私を未亡人にでもしてみろ、一生恨んでやるんだから。そう呪いながらフレデリックが小さくなるまでその背中を眺めた。

「さあ、奥様、屋敷に入りましょう」

「うん」

テティに促されて部屋に戻ってフレフレを抱き上げる。

「フレフレ、パパが行っちゃったよ」

そう言うとフレフレは「キュー一ッ」と鳴いた。

「ママと待ってようね」

なんて口走ってしまって。ちょっと一人で赤面してしまった。

「組み紐も慣れてきたので、冬に向けて編み物をしませんか？」

フレデリックが屋敷を空けてからはブランシェ様が週一で来てくれて、一緒に組み紐を習っていた。

最近ひと通り編めるようになって、ちょっと退屈してきていたので、先生の提案は嬉しかった。

ブランシェ様も同じことを思っていたようで、

「私、膝かけが欲しかったの」

と大賛成だった。何事にも前向きで明るいブランシェ様って本当に大好きだ。

「では、今日から毛糸を棒二本使って編む方法を教えますね」

まずは簡単なものから、とブランシェ様は帽子、私はフレフレの入るポシェットを編むことにした。

「シャルロットちゃんは棒編みも上手なのね」

先生に教えてもらいながら編んでいると、手元を見てブランシェ様が感心する。褒められると頑張ってしまう。その日から暇さえあれば編み物に没頭して、ポシェットはすぐに完成してしまった。

ブランシェ様も早々に帽子を編み終えて、故郷の柄編みの膝かけを編みたいと言いだした。故郷がドラゴンの里だとは聞いていたけれど、なんとあのハンナカンナ地方だった。どうりで従妹のシモシモがあの幻のパウンドケーキを手に入れられたわけである。

「いいですね、太い糸を使うので、思ったより早く編めると思いますよ」

「シャルロットちゃんは私よりもうんと上手で編むのが早いから、セーターを編んだらどう？　フレデリックがきっと大喜びするわよ」

「え」

留守中に妻が自分のセーターを勝手にネチネチと編んでいたら怖くないか？　と正直戸惑う。

「ハンナカンナでドラゴンは神様なの。よそでは暴れてフレデリックにやっつけられちゃったりしているけどね……。だから編み物にもドラゴンの柄が編み込まれるのよ」

「ドラゴン柄……！」

キューって鳴くフレフレを思い浮かべる。そんなの可愛いしか勝たない。

どうせフレデリックが戻ってくるまで時間はたくさんあるのだ、初めに大きめのヤツのセーターで練習してからいろいろ編めばいい。

張り切って編み始めた私を先生とブランシェ様は優しい目で見守ってくれていた。

サイズはフレデリックの制服を出して測ることにした。少し大きめに作って上から羽織れるように前ボタンのついている形にする。

毛糸が太いので、思っていたより仕上がるのは早かった。私が没頭して編んでいたのも要因かもしれない。

「初めてとは思えない出来ですよ」

先生にも褒めてもらって、有頂天になった私は、次は日頃のお世話になった人に編もう！　と決意。張り切ってテティにも同じものを編んだ。最近冷えると体が痛いと言っていたからだ。

そうして二枚目のセーターも完成！　やっぱり一枚目より二枚目の方がスムーズに編むことができた。サイズも小さいしね！　ちょっと、私ってば、天才じゃん！　っていう出来だったのだ。

しかし、いざテティにプレゼントしてみると……。

「あのう……奥様、私のために心を込めて編んでいただいたことは嬉しいのですが、旦那様とおそろいのセーターを羽織る勇気はテティにはございません」

と言われてしまった。

がーん……。

しかし、言われてみればそうだ。フレデリックとテティのペアルックとか、ありえなすぎる。

「せめて、違う柄か、別のもので……」

「ごめん！　ごめんね、テティ！」

さすがにこれはまずいと思って私は膝かけを急いで制作した。出来上がった膝かけをテティにプレゼントすると、彼女は涙ぐんで喜んだ。

「家宝にします、奥様」

なんてテティが言うものだから、もう、嬉しくて仕方なかった。それから調子に乗った私は義両親の分のセーターも制作すると宣言。しかし、そこでも。

「ちょっと柄を変えてくれたら嬉しいわ。あと、私も夫も青が好きだから、青色を入れてほしいな。うん、でもゆっくりでいいのよ」

とフレデリックとのおそろいはやんわりと拒否された。あれ？

義両親の分はのんびり制作するとして……。

残されたのはフレデリックのセーターとテティに戻された一枚……。

図らずもテティのサイズで作ったのに、私にあつらえたようにぴったりだった。

待てよ、これ。

「こわっ！」

留守中に夫とのペアルックのセーターを編む妻とか、めちゃくちゃ怖いじゃないか！

「シャルロットちゃんは本当に編み物も上手ね」

ニコニコと笑うブランシェ様に、半笑いの私。

この二枚のセーターはチェストの肥やしとして、引き出しの奥に眠らせておくことにした。


そんなこんな、しているうちに、シモシモがフレフレを見たいと騒ぐので庭でお茶の用意をしてお披露目してあげることにした。おやつを提供してもらっているから、そのくらいは許してやらんでもない。

「な、な、なんて可愛いの！」

私がフレフレをポシェットから出すと、シモシモが目を輝かせていた。

フレフレは用心深いのかブランシェ様が教えてくれたように私とフレデリックだけに懐き、他の人には近づかない。けれど、ブランシェ様は頻繁に来てくれているからか甘えはしなくても体を触るのは許している。

シモシモはフレフレが見たいのに、フレフレはシモシモから隠れようと必死だった。ちなみにテティにも初めはこんな感じだったが、この頃は慣れて無視するだけだ。

「ホワイトドラゴンがツンツンしてるって本当なのね」

フレフレにそっけなくされてシモシモが口を尖《とが》らせた。

「ごめんね、フレフレはちょっと人見知りだから」

「人見知りっていうか……でも、フレデリックお兄様みたいね。興味のない人間にはとことんドライなところが」

「リックは人当たりがいいじゃない」

私が言うとシモシモは私を見てからはあ、とため息をついた。

「お兄様が周りに愛想を振りまいているなら、シャルが大好きってことよ。っていうかフレフレって名前なに？　……ラブラブじゃない」

「な、名前は、リックがつけるっていうから」

「うわっ……なんだかすごいわね」

そんなふうに言われると、恥ずかしくなる。こうやっていない間も思い出させる作戦なら、上手くいきすぎている。

「ところで今度の遠征も北の国境付近なの？」

「うん。デビルベアーが増えているみたい」

「一か月は帰ってこないのよね？」

「そうなると思う」

名前からして狂暴そうだけど、実際悪魔みたいに強くて増えると大変らしい。

「泊まりに来てもいい？」

「え？　シモシモが？」

「なによ、嫌なの？」

「嫌じゃないよ。友達が泊まるのは初めてだから」

「うふふ〜。パジャマパーティーしようよ！」

「シモシモはよくやってるの？」

「私も初めてよ！　やってみたかったの」

シモシモの場合は友達がいないだけな気がする。突っ込んで聞くとかわいそうだからこれ以上は聞かないけれど。

そんな話をしていると執事長がこちらに焦ってやってきた。

「奥様……お客様がお見えです」

「お客様……」

私にお客様なんて来る予定はない。突然来るのは母か姉たちか。そう思ってシモシモに断りを入れてから応対しに行った。

どうやら執事長では追い払えない人物のようだ。

甘えん坊のフレフレが私の側を離れるはずもなくフレフレ専用ポシェットに入れて連れていった。

うちの家族かな？　フレデリックがいないのにどうしたのだろう、と思って行ったが、そこには知らない女性が立っていた。そして、その腕の中には銀髪の赤ちゃんがいた。

……誰？

＊＊＊

急に現れた謎の女性。

その腕の中にいる夫そっくりの銀髪の赤ちゃん……。

こ、これは！　もしかして、もしかしなくても⁉

「この子はフレデリック様の子です」
キ、キ、キタ――――‼
やっぱりいたんだな、隠し子&愛人！　と、興奮して見ていたのだが、なんだか以前とは気分がちょっと違った。

うーん……。おかしいな。ちょっと前まで待ちわびていた愛人なのに。

『やったぞ、これでヤツの性欲がそちらに向かう！　ヒャッホウ！』と小躍りする場面がちっとも嬉しくない。

それにフレデリックはこんな無責任なこと、しない。多分。

「とりあえず、お話を聞きます。応接室にどうぞ」

女性を応接室に通して私は一旦シモシモのところへ戻った。

「お客様は誰だったの？」

優雅にお茶を飲むシモシモに私は包み隠さず告げた。

「んー、なんかリックの隠し子と愛人？」

ブーッ。

「うわっ」

美少女がお茶を噴くのを見ちゃったよ。

「な、な、なっ！」

「でも、ちょっと変なんだよね。シモシモ、お義母様にこのことを伝えてくれる？」

「わ、わかったわ。すぐに、伯母様に伝えてくる！」

しかし、どこかで見たような容姿だった。うーん、どこで……？

本当にフレデリックの子なら本人がいる時を狙ってくるだろう。

このタイミングでって、おかしくないか？

執事長が門で追い返せなかったのは貴族だったからだ。けれど、お供もつけずに赤ちゃんを抱いて現れたのはおかしい。これが冤罪《えんざい》だった時、王女だった私の伴侶であるフレデリックから制裁が下されるのは目に見えている。

そんなリスクを冒してまでここに来たのか。

……それにしても一番意外だったのは自分のこの冷静さだった。

フレデリックに愛人がいたら嬉しいと思っていたのに、そうでもないし。ヤツを疑う気が微塵《みじん》もない。それが驚きだ。

「そもそも、多分、好みじゃない気がする」

元カノグレースでさえ、その条件はクリアしていたと思う。

だって……先ほど見た限り、女性は貧乳だった。

まず、気に入らないのはじろじろと部屋の調度品などを見る目だった。

ドカリとソファに座った女性は赤茶の髪の色をしていた。この季節には少し肌寒そうなドレスにストールを羽織っている。スレンダーで特に美人でもないが不細工でもない。シモシモ判定なら中の中といったところだろう。そこまで美貌を誇れるって容姿でもないが、自分に並々ならぬ自信を持っていそうだ。

「さて、お名前をお聞きしてもいいですか？」

私が聞くと女性は私を睨みながらその名前を告げた。

「カルマン伯爵家から来ました。レオナと申します」

「それで、その子は私の夫の子だとおっしゃるのですね？」

「ええ。フレデリック様の子です。どうです？　見事な銀髪でしょう？」

誇らしげに顎を上に上げながらレオナが言う。

赤ちゃんを見るとなるほど美しい銀髪だった。

「抱っこしたままでは話しにくいでしょう。少しの間、お子さんは私の侍女に預けていいですか？」

「そんなことを言って連れ去られては困ります」

「では、この部屋の目の届くところで見てもらいましょう」

私はテティを呼んでもらって赤ちゃんを見てもらうことにした。簡単に事情を聞いてきたテティは困惑した顔で赤ちゃんを預かってくれた。

「それで、カルマン伯爵令嬢のあなたがどこで夫と？」

ガタンッ。

その質問に一番驚いたのはテーブルの端にぶつかったテティだった。慌てて赤ちゃんを抱きなおしている。

「テティ？　どうかした」

「い、いえ……その、その方はカルマン伯爵家のお嬢様なのですか？」

「ええ。そうおっしゃったわよ。そうですよね？」

「はい。レオナ・カルマンです」

よほどその名に誇りがあるのか、レオナは得意げな顔をして何度も告げる。けれどカルマン伯爵家なんて、王都では聞いたことがない。私が知らないだけか？

対してちらりと見ればテティは真っ青で先ほどの声も震えていた。

「それで、夫の留守中にどんなご用件ですか？」

「だから、この子はフレデリック様の子なのよ！」

「はあ……その子は今おいくつで？」

「この子は産まれて四か月になるわ」

なんと、四か月の赤ちゃん。

えーっと妊娠期間が約十か月で……そうなると浮気は私と結婚直後くらい、ということになる。

結婚前後の浮気？　確かに討伐には何回も行って家を留守にしていたし、私はダイエットにいそしんでいた時期だ。そんな時に裏切り？　あの時フレデリックは「行為はあまり好きじゃない」とか言ってたし、そのあとは……。

フレデリックとの日々を回想。ダメだ、私のおっぱいを楽しむフレデリックしか思い出せない。性欲魔人に貪られる日々……浮気してくれていたのならもっと私は楽していたはずだよねぇっ。

やっぱり。ないわー。

けれどフレデリックがいない今、この子の父親を確かめる方法がない。しかも……ふふん、と私を見下すレオナのこの態度。いくら私が白パン姫でも、王の娘なんだけど。

「あなたのご要望は？」

私が問うと、レオナがムッとした顔をした。まるで『信じてないわね』って顔だけど、これで信じたら銀髪の子を産んだ女性で明日から屋敷の前に行列ができてしまう。

「し、しばらくここへ私を滞在させなさい。そして慰謝料をいただきたいの！」

「……慰謝料」

要するにお金。なるほど、目的は恐喝か。

「それならまず、夫と本当に関係があったのか証明していただかなければなりません」

「なっ、子供がいるのよ、一目瞭然でしょ！」

「髪の色だけではなんとも」

「ぐ、ぐうっ」

しかし、強気だなぁ。私が泣きわめいて取り乱すとでも思ったのだろうか。

もしこれが真実でフレデリックが浮気をしていたとしても、私は泣きわめいたりはしないだろう。

まあ、思っていたより不快な気分だけど。

「仕方ないわね……では、これではどうかしら？　私はあなたの異母姉なのよ！　私は王の子なのだから！」

ガシャガシャガシャン！

この言葉にひどく反応したのはテティだった。

「異母姉？」

立ち上がったレオナは私と目線を合わせて挑発的に見下ろした。

「そうよ！　年は同じでも、私の方が早く生まれているもの、異母姉で間違いないわ。私はね、あなたの父親が私の母親と不倫してできた子なんだから！」

レオナの言葉に私ははっとして鏡に映った自分を見た。そうだ。この人、誰かに似ていると思ったけど、私に似ているんだ。私は白金色の髪だけど、赤茶の髪にして激痩せしたら、きっとこんなふうになるに違いない。

「本来なら、私だって王女なのよ！　フレデリック様と結婚だってできたはずなのに！」

キーキー喚《わめ》きだしたレオナが私の方に手を伸ばした。とっさに避けたが、その手を攻撃するものがいた。

ガブリ。

「え？」

「きゃあああああっ！　痛いぃ！」

泣き叫びだしたレオナ。見るとフレフレが彼女の手に噛みついていた。

「フレフレ、ダメよ！　ペッ、して、ペッ！」

すぐにフレフレを離したものの、レオナの手には小さな二本の噛み跡が残っていた。

あ、赤ちゃんをテティに預けていてよかった。フレフレが攻撃するなんて思わなかった。

「わあああああん。痛い、痛いわ！　治療してよ！　こんなことして、ただじゃおかないわ！

バイキンが入って死んじゃったらどうするのよう。絶対に許さないんだから」

すごい。こんなにみっともなく泣ける人っているんだ。

しかしフレフレが噛んだことは完全に私が悪い。反省させないといけないけれど、守ってくれたフレフレが愛おしかった。

「ケガをさせてしまって申し訳ありません」

とりあえず親として謝り、頭を下げる。

それでもぎゃあぎゃあ騒ぐレオナのために、医者を呼んで処置をしてもらうことになった。診てもらっても軟膏《なんこう》塗って終わり、だったけれど、レオナは眉を吊《つ》り上げてしつこく喚いた。

「ドラゴンに噛まれたんですよ？　これから熱が上がったらどうするの？　私には赤ちゃんだっているのに！」

そう言われてしまうと、このまま屋敷から追い出すわけにはいかなくなった。

「私は異母姉なのだし、お客様として扱ってよね！」

医者を脅すように巻いてもらった手の包帯を見せてレオナが吼《ほ》える。仕方なく私は使用人に告げてゲストルームを用意させた。

しかし、異母姉？

父が不倫だって？

考えているとレオナの叫び声で赤ちゃんが泣きだしてしまった。あやしているテティは真っ青な顔……。そういえば彼女がカルマン伯爵令嬢だと知って、テティは激しく動揺していた。

「傷が痛むから部屋で休ませてもらうわ！」

そのままテティを引き連れてレオナがゲストルームに向かってしまった。

ヤバ……。

テティは昔から両親の事情には詳しい。

これはもしかすると父の不倫の方は本当かもしれない。

それからしばらくしてブランシェ様が屋敷に来てくれた。お腹が空いたとレオナが騒ぐので夕食を用意して話し合いが行われた。ちなみに赤ちゃんは籠の中でスヤスヤと眠っていた。

「……へえ。フレデリックの子、というのですね」

シモシモが呼んできてくれたブランシェ様は聞いたことのないような低い声でそう言った。

ひ、ひえーっ。美人が怒ると怖いっていうけど、これだわ～。迫力がある。もうやめておけばいいのに、レオナはブランシェ様が来てもなお、子供はフレデリックの子だと言い張った。

「本当だったらフレデリックは王家に不義理をしたということですね。そして……もしもあなたの言うことが嘘だったら……カルマン伯爵家がどうなるかわかっていて言っているのですよね？」

ブランシェ様に念を押されて、たじろぎながらもレオナは強気だった。

「な、なによ。もしも私が嘘をついていたとしても、本当のお父様が守ってくださるもの。それより、私はケガをさせられたのよ！　当面の面倒は見てもらいますからね！」

当然のようにレオナが言った。と、いうことは父とは面識があるのだろうか。あの父が守ってくれる？　にわかに信じられないが愛人との子なら愛おしいのだろうか。

「本当の父親というのは誰のことですか？」

ブランシェ様が眉間に皺を寄せたまま詰め寄る。先ほど聞いた私が説明しておいた。

「私の父と不倫相手の子だそうです」

「ちょ、ちょっと、待ってください、シャルロットちゃんの父って……まさか王の娘だというのですか？」

「本人はそうだと言ってます。私も、自分に似ていなければ疑うのですが」

そう言うとブランシェ様は私とレオナを見比べて、困惑していた。やっぱり私たちは似ているようだった。

一方レオナは得意げな顔なままだ。そうして鞄を開けてなにかを私たちに差し出した。

「フレデリック様のお母様も来たなら証拠を見せてあげるわ。ほら、王家の紋章の入ったブローチよ！」

「ええ……」

見せられたブローチは少し年季の入ったものだったが、本物だった。これは……父アウト。

今じゃ立派な中年太りのおじさんだけど、父も昔は母をハラハラさせたイケメンだったらしいからな。未だに美容に気を遣っているのも父の気を引くためだと（メイサに）聞いたこともある。

証拠が出てくるとなると、ちょっとややこしくなってきた。

「シャルロットちゃん、あの、どちらにせよ、フレデリックは……」

「私は大丈夫です。お義母様。リックはこんな無責任なことをする人ではありませんから。この方が私の異母姉だとしても、リックは無実です」

あの巨乳好きが手を出すわけがないと断言できる。選ぶにしては貧乳すぎるし、妻に似ている愛人なんて需要があるはずもない。

私が信じないと悟ると、レオナは面白くなさそうな顔をしてそれ以上は主張しなかった。やはりフレデリックの子だというのは嘘なのだろう。

「今日はもう疲れたから休むわ」

ひとまずお腹が満たされたのか、レオナはそう言って籠に入った赤ちゃんをひったくるようにしてゲストルームに引っ込んでいった。

残った私たちは顔を見合わせた。

「困ったわね。フレデリックの遠征中にこんなことになるなんて」

「むしろ遠征中を狙っていたのかもしれません」

ブランシェ様と二人でため息をついた。

多分、お金目的に違いない。どう見たって着の身着のまま。食事もがっついていたし、泊まるところもなさそうだ。

けれど、本当に異母姉なら追い出していいものか悩む。生意気なレオナは放り出しても構わないが、赤ちゃんがいるので心が痛む。

「気になっていたんだけど、テティ……なにか知ってるの？」

レオナがゲストルームに入ってから、ずっと青い顔をしていたテティに声をかけると彼女の肩がびくりと揺れた。

「お、奥様……」

「大丈夫、これ以上傷つかないし、ここには私の味方がいるから」

ちょっとすまして言ってみて、様子を窺うと、ブランシェ様もシモシモもそしてポシェットの中のフレフレでさえ私を勇気づけるように見ていてくれた。

自分から言っておいて、みんなの表情で胸が温かくなった。それを見ていたテティがやっと決心したように話しだした。

「あれは……シャルロット姫様がまだ王妃様のお腹にいらっしゃる頃で、私は姫様の乳母の選定に城に招かれておりました。王がお忍びで女性とお会いしていたとの目撃情報が頻繁にあり、そのことで王妃様は大変不安を抱かれていたのです」

「まさか、父は本当に不倫していたの？」

「そこまでは存じませんが、その、実は私も目撃したことがあるのです。その後渦中の女性が赤子を連れて慌ててカルマン伯爵家に嫁いだのは当時城では有名な話でした」

「私もその頃に不仲説があったのは知っているわ。そんなことがあったなんて……」

城から離れたブランシェ様のところにも噂は聞こえていたらしい。普段『おしどり夫婦』で有名だったから、スキャンダルもすぐに広まったのだろう。

「もしかして、父は付き合っていた女性に子供ができたから、急いで他の人と結婚させたってこと？」

「あくまで憶測です。けれど多額の援助金と引き換えに、伯爵が赤子のいる女性と結婚したと当時は騒がれていました。しかも赤子のお顔がしばらくして生まれた姫様に似ていたと……」

そう言ってテティは私の顔をじっと見つめた。私の顔は父とそっくりだからな。

女性が生んだ子供が王に似ていたなら、そりゃあ、噂になる。

「当時の王妃様の精神状態はとても危うくて……必要以上にシャルロット姫様にかかわることを避けておいででした」

言いにくそうにテティが最後に付け足した。

ああ、それで。

私に無関心なのは母の性格だけではなかったのか。なるほど。私の顔を見ると嫌な思い出がよみがえるのだろう。すると、きっと後ろめたい父も同じだな。

はあ。

そんなことに私は巻き込まれていたんだ。そして、今も。

今さら避けられていた理由がわかったとしても、私の心が動くことはなかった。もう私は両親の愛情を欲しがっていた幼い子供ではないし、新しい家族がいる。みんなの顔を見ながら守るべきものを再確認する。

「執事長、ペンと紙を持ってきて。父に、謁見を申し入れます」

ふつふつ、と怒りが湧いてくる。いつまでも大人しい私だと思うなよ。両親の事情なんて知ったことではない。

ここは私とフレデリックの大切な屋敷だ。彼の留守中、異母姉かなんだかいう見知らぬ女に好き勝手されてたまるか。こてんぱんにして追い出してやる。

父……許さん。いくら恐妻で有名だとしても、自分の子供を認知もせずにこそこそと他の男に預けていたなんて。最低にもほどがある。

レオナは私の夫へ汚名を着せたこと、後悔させてやるからな！

しかし思っていたよりもレオナはわがまま放題で、屋敷の使用人が振りまわされることになってしまった。

「奥様……どういたしましょうか」

「今度はなに？」

「ドレスと赤ちゃんの服を用意しろと……」

「なんなの、いったい！」

フレフレがつけた傷の治療をするために一時的にゲストルームに通したというのに、レオナは我が物顔でそのまま部屋に居ついてしまった。

はあ、イライラする。無視しようとすると『コンスル伯爵夫人はケチでいらっしゃるのね！』とか言いだして腹が立つ。こんなに傍若無人で自分勝手な人間は初めて見た。経費は全部父につけとくけどね！

父にはすぐに謁見の申し出と、同時にあなたの娘だっていう女性が乗り込んできたので引き取ってほしいと手紙を書いた。もちろん王家の紋章付きのブローチを持っていることも伝えた。

が、返答は『真意を確かめるのでそれまで客人としてもてなしておけ』だった。

クロだ、クロだと思ってたけど、真っ黒だよ。

本妻と同時期に浮気相手とも子供作るってどういう神経してんのよ！

サイテー！

これは母にも同情するわ。

レオナはやれ子供のベッドを用意しろだの、肌着が足りないだの、食事だなんだと言いたい放題なのだ。大体伯爵令嬢が赤ちゃん連れてカバン一つで王都に来るなんて、絶対わけありじゃん！

ああ、今すぐ放り出したい。

でも赤ちゃんがフレデリックの子だというのはレオナが言い張っているだけでも、王家の紋章の入ったブローチの存在は痛い。しかもこの寒空の下に子供連れを放り出せないし……。

カルマン伯爵家にも連絡をやったのでなにか返事はあると思うが、調べてみればあちらは国の端っこに住んでいるので早馬でも返事は数日かかるだろう。

「ところで夫とは、いつどこでお知り合いになったのです？」

私が聞くとレオナの目は明らかに泳いでいた。

「ええと。二年前くらいだったかしら。王都の酒場で」

「酒場の名前は？」

「一度しか行かなかったので、覚えてないわ」

「では一度しか会っていないのですか？」

「く、口説かれたのがそこだったの。それからは何度もデートしたわ！　白鷺の騎士団の制服姿の麗しいフレデリック様と街中を歩いてまわったわ」

レオナは両手を胸のところで組むと夢見るような顔で言う。

おいおい、街中でまともなデートなんてできない男だってことは証明済みだぞ？　嘘つくならもっとまともな嘘をつけばいいのに。

しかしどうやらレオナの中ではフレデリックとは『一夜限りの相手』という設定ではないようだ。あくまでも愛し合って子供ができたことにしたいらしい。妄想甚だしいが、時々なにか思い出しながら話してくるので、多分、本当の父親との思い出をフレデリックに置き換えて脚色しているのだろう。

「どうして夫の留守中に来たのですか？」

「それは、知らなかっただけよ」

「付き合っていたのに討伐のスケジュールを知らないと？　子供もいるのに？」

「ああ、もう！　細かいことはいいじゃないのよ！　とにかく私はあなたの異母姉で、フレデリック様と結婚するのは私のはずだったの！　それがすべてよ」

なにを聞いても最後は逆切れで逃げられる。レオナはフレデリックのことはなんにも知らない。

それどころか、レオナが知っているのはフレデリックが『白鷺の騎士団』だということだけだ。モンスター討伐に行く時期も知らなければ、普段どこで働いているかも知らない。まるでそれは街でブロマイドを買って騒いでいる女の子たちと同じである。

フレデリックが帰ってくるにはまだ半月ほどある。

留守だからこそ確認できないこのモヤモヤ。それを狙って来たというならそうとうな策士だけどね。……ナイ。ナイナイ。なんにも考えてなさそう。

レオナはフレデリックの実家が男爵であることで完全に下に見てブランシェ様にも言いたい放題。いったいどんな育ち方をすればあんな人格になるのやら。

なんとか取りつけた父との約束も三日後で絶望的だった。それまで妄想癖のあるわがままな女をここに居候させるって⁉

チキショー！　やってらんねーぞっ！

奥歯をぎりぎりとさせていると執事長がやってくる。

「今度はなに？」

「……それが、カーテンの色が暗いので変えろと騒いでおられます」

ぐ、ぐぬぬ。ほんと、人の屋敷で……。

「ゲストルームには通しましたが、居ついていいとは言っていませんよ？　それなのに、ご要望までとは厚かましすぎやしませんか？」

頭にきた私が部屋に行くと壁際に侍女が並べられていた。

なにこれ、なにしてんの？

「私はいずれここの女主人になるのよ。あなたはさっさとフレデリック様が帰る前に消えなさいよ」

とにかく話が通じない。なんであんたが女主人になれるのさ。

「はあ……。あなたたちは仕事に戻りなさい」

ため息をついて侍女たちを下がらせる。くだらないことしてる暇があったら、自分の赤ちゃんの世話でもすればいいのに。

「なっ！　私は侍女の教育を……」

「お黙りなさい！」

私が声を張り上げるとやっとレオナが黙った。全くなんのつもりよ。

「ふざけたことをしていると子供がいようと追い出すわよ！　夫の留守を任された私がここの女主人です。それに夫と関係があったとしてもあなたは愛人にしかなれない。私は正統な妻で、あなたは違うでしょう」

「で、でも、愛されているのは私なの。私だって王様が認めてくださったら、王女なのだもの。たまたま私が国の端っこに追いやられていただけで、あなたの姉になるのよ？　本来順番からいってもフレデリック様と結婚してこの場所にいるのは私なのよ」

「……話にならない」

レオナは病気か？　これの繰り返しだ。なんで私の立場が自分のものなのよ。話が通じなすぎる。

あああああん。

ああああん。

私の大声に驚いたのか赤ちゃんが泣き始める。

これ以上の話し合いは無駄だと判断してその場を去った。レオナの後ろには赤ちゃんをあやしながら私を気遣うテティがいた。まるで自分の乳母のように顎で使い、赤ちゃんの世話をずっとさせている。

テティを貸してあげているというのに、感謝の一つもない。どうやったらこんなモンスターができるのよ。

「フレフレ、やるなら本格的にがぶっとしてくれてよかったんだよ」

そして、あのうるさい口を狙ってくれ。いや、もう息の根を止めてくれてもいい。

ポシェットから顔を出したフレフレの頭を撫でる。

この癒しがなかったら父の言いつけも放り出して、とっくにレオナを追い出してしまっていただろう。

ああ、もう。

あんなのが腹違いの姉なんてとんでもない。

節操なしのくそ親父め……。五人も子供を作っておいて、不倫の上に外で子供だと⁉

恥を知れ！

禿《はげ》散らかす呪いをかけてやるからなっ。

後頭部から薄くなってるのを知っているんだから！

そんな地獄の日を悶々《もんもん》と過ごしていたが、私が謁見するより先に、父の使いが真相を確かめるために屋敷を訪れた。


「王の使いでやってまいりました。件《くだん》の女性と話をさせてください」

父の使いは三人の黒いフードを被《かぶ》った男たちだった。

裏仕事をさせている人たちかな。ご苦労様です。

しかし二人は背が高くてがっしりしているけど、一人だけずんぐりむっくりだな。まあ、いろんな人がいるんだろうけれど。

謁見前に寄越したってことは母に気づかれないうちに処理をしようってことかも。ほんとあの親父サイテーだな。

応接室に通すとすぐにレオナも呼んだ。赤ちゃんをテティに抱っこさせて、肩をいからせたレオナが入室してくる。

も、ほんとによくもアウェーで偉そうにできるな。男たちは早速レオナの持っていたブローチを見分していた。

小声で『本物だ』とずんぐりむっくりが答えているので、鑑定士だったのかもしれない。一人だけ違うなんて思ってごめん。

「これでわかったでしょう？」

ふふん、と勝ち誇るレオナ。すると男の一人が言った。

「あなたが王族の関係者だということはわかりました」

「お父様と会わせてくだされば、すべて解決するわ」

「……失礼ですが、王とは面識が？　それと、どうして王を父親だと思っているのですか？」

「お母様がブローチを持っていたのがすべてでしょう？　それに父親が娘に甘いのは当たり前のことですから、私と会えばきっと王も涙を流して喜ぶわ」

……はあ？

私はレオナの言葉に衝撃を受けた。つまり、会ったこともない父親だが、父親というだけで娘を溺愛すると？

そんなバカな。どんな育ち方をすればそんな考えに至るのさ。

「父親が娘に甘いのが当たり前だなんて本気で信じているんですか？　ここに、そうでないのがいるのに」

ガタガタガタン！

呆れながらレオナに現実を教えてやると、私の声に驚いたのか黒フードのずんぐりむっくりが後ろの棚にぶつかった。

なんだ、落ち着きない。しっかりしろ。

手前の黒フードの男二人がぶつかった男を気にして支えていた。ドジっ子なのか？

「あなたこそなにを言ってるのよ。カルマンの父は血が繋がっていないのに私を溺愛しているのだもの。血の繋がった父ならなおさらでしょう。当たり前のことよ。さあ、あなたたち、王様に会わせてちょうだい。きっと私に会うためならすぐに時間を空けてくださるわ」

いかにもそれが当然だとドヤ顔で言い張るレオナ。いや、だから違うって。なにこの子。

私はまっすぐにレオナに立ち向かうと深くフーッと息を吐いた。その体に王家の血が流れているというのならば、それなりの覚悟と責任を持って生きなければならない。

じっと目を据えるとレオナに言い聞かせるように声を上げた。

「王が父だというなら、自分は王女だと自覚するべきです。王のすべきことの第一は娘を溺愛することではないはずです。私は父と会うのに謁見を申し込んで順番を待ちます。優先すべきことは国民に安全を与えることだからです」

私が言い切るとレオナはおろおろと反論した。

「そ、それは単にあなたが父に好かれていないってだけでしょ？　家族なんだから……」

「そう思われるならあなたは王女の資格はないですね」

「なっ……資格なんて。王の娘なんだから王女じゃない。なによ、あなただって王女だったからフレデリック様と結婚できたくせに」

「結婚は国を守るために。絆《きずな》が必要なところへ嫁いだのです」

「そんなこと言っても国中の憧れのフレデリック様よ？　王女だったから嫁げたんじゃない。ずるい！　私だって王女なのに」

「お黙りなさい！」

「ひいっ」

あんまりうるさいのでうんざりした。どう転んでもレオナの身勝手さは変わらない。私の迫力にひるんだものの、彼女に私の言葉は届いていないようだ。

「あなたはご自分が一番大切なのですね」

「当り前じゃない！　なに言って……」

「それでは王家の一員とは言えません」

「と、とにかくお会いすれば……お、お父様が黙ってないわよ！」

「あなたには王に会う手段もないのに？　あなたが謁見を申し込んだところで父は受諾しませんよ。それにあなたが腹違いの姉だったとしても、正統な王女は私です」

「あ、愛情のない王妃の子より、愛した女が生んだ私の方が可愛いはずよ！」

そこでレオナが謎理論を繰り出してくる。確かに私も放っておかれて育ったけど、あなたも十分、父に放っておかれてるじゃん。

なにを言い返してやろうかと考えあぐねていると、耳をつんざく声が上がった。

「愛情のない王妃、ですって!?」

一斉にみんなの目がその姿をとらえた。お供を引き連れて扉口に立っていたのは母だった。

お忍びで来たのか漆黒のマントを羽織り、こめかみに血管を浮き立たせ、レオナを睨みつけるその姿はこの世のものとは思えない恐ろしさがあった。

魔王！

まさに魔王！　暗雲立ち込めてるもん！

「だ、誰……」

レオナが入ってきた母を見て硬直している。そりゃそうだろう、こんなに恐ろしい生き物は他には存在していない。

「もう一度、言ってごらんなさい。お前のその汚い口に熱した焼きごてを突っ込んでやるから」

うわっ、母の目がイっちゃってるよ……。

状況がわからずにただ突っ立っている仮姉には、私が親切に教えてあげることにした。

「王妃様ですよ」

「ひいいっ」

「なるほど、顔は確かにあの人に似ているわね。よくもまあ、面の皮厚く私の目の前に出てこられたものだわ」

いいえ、勝手に来たのは母《あなた》です……怖いから突っ込まないけれど。

うわぁ、どこで話が漏れたんだ。あれか、やっぱりスパイがこの屋敷に……使用人を選んだのは母だからなぁ。

しかし母がここまで足を運ぶなんてよっぽどのことだ。きっとずっと根に持っていたに違いない。

「カルマン伯爵家に嫁いで大人しくしていればいいものを……お前を寄越すなんてあの女の頭はそうとうイカれているようね」

ひいいいいいいっ。

これにはさすがのレオナも顔面蒼白である。相手が悪すぎる。

あまりの迫力にテティも赤ちゃんを抱きながら後ろで震えている。

このままだとこの場で血の雨が降る！　私とフレフレの新居でやめてくれ！

フレデリック〜！

なんでこんな時にいないんだよ！

誰も怒り心頭の母を止められる気がしなかった。

さすがのレオナもなにも言えずにブルブルと震えているだけである。

「カ、カルマン伯爵夫妻が到着いたしました！」

そこへまたもや来訪者を告げる声が……。どんどんカオスになる予感。

だから、よそでやってくれ！

よそで！

＊＊＊

えー、現場からシャルロットがご報告いたします。

先ほどカルマン伯爵夫妻が到着なさいました。よほど急いでいたらしく、若干足元がふらふらしておいでですが、すぐさま母の前で土下座を始めました。ええ、とんでもなく美しい土下座スタイルでございます。

「む、娘が、とんでもないことを！　お許しくださいいいいっ」

「この通りです！」

「ほら、あなたも頭を下げなさい！」

「ママ、どうしてよ！　私は王様の子なのよ！　王女なの！　この人の代わりにフレデリック様と結婚できたはずでしょう？」

必死で頭を下げさせようとするも、ヒステリックに抵抗するレオナ。そんな彼女に母親は困惑している。

「な、なに言ってるの？」

「ママがパパと話しているのを聞いて知ってるんだから。世が世なら私は王女だったって！」

「ええと……」

「どういうことなの？　カルマン伯爵夫人。大人しく王都を離れて暮らしているなら黙っていたのに。これはどう落とし前をつけるつもりかしら」

そこへ魔王が切り込んでくる。死にたくなかったら謝るしかない。

「あ、あの……」

「夫とどのようなご関係かは知りませんが、そこの恥知らずなお嬢さんが王の子だと言い張るなら、私も受けて立ちますよ」

床に額をこすりつける二人に対してふてくされてその隣に正座させられたレオナ。

未だ反省の色はなし。それどころか、そっぽ向いて頬をふくらませている。これ以上魔王の機嫌を悪くするのはやめていただきたい。それとも、死にたいんですかね？

「娘は王の子ではありません！　私の子ですので」

カルマン夫人が額を床につけながら言うのだが、レオナは一歩も引かない。

「ママと王様の子でしょ！　だから王家の紋章の入ったブローチまで持っていたんでしょ」

「あ、あなたって子は……ブローチまで持ち出したの⁉」

「王妃様、なにとぞお怒りをお収めください。ほら、レオナ、お前も頭を下げなさい！」

そこにカルマン伯爵も説得に加わった。これが血も繋がってもいないのに溺愛してくれる父か。

なるほど一緒に謝ってくれる姿勢には愛情を感じる。

「なによ、それもこれもパパが私の言うことを聞いてくれなかったからじゃない」

「いい加減にしろ！」

えー……現場はカオスです。

カオス状態です。

魔王《母》の額の血管は今にも切れそうです。

このままだと全員が打ち首にさせられる勢いです。

もう、こりゃダメだ。

とうとう母が後ろの護衛に鞭《むち》を寄越させた時、この場にそれを止める声がした。

「その娘は私の子ではない。王家に所縁があるのはカルマン伯爵夫人が私の異母妹であるからだ」

声の方向を見るとずんぐりむっくりの黒フードの男だった。男はモタモタとフードを取った。ちょっと漂う残念感。

おいおい、父じゃん！　本物の父じゃないか！

残りの二人もフードを取ると父を守るように挟んで立った。あ、こっちは本職の護衛の人だったのか。

「あなた……どうしてここに？　やっぱり、愛人のためなら足を運べるというの!?」

父の姿を見て母が泣きそうな声を出した。こんな悲愴《ひそう》な表情の母を初めて見た。

「だから、違う。そこにいる伯爵夫人が私の異母妹なのだ。前王が侍女に手を出してできた娘だ。つまらん男に騙《だま》されて子供ができたというので、私がカルマン家に嫁いで静かに暮らすことを約束させたんだ」

「え？」

「私は王妃を裏切ったことは一度もない」

「まさか……本当に？」

そこで見つめ合う王と王妃……。おいおい、だから、よそでやってくれよ。

状況がわかっていないレオナだけが「誰？　あれ誰？」と両親に聞いて、とうとう拳骨を食らっていた。

「どうしてあの時教えてくださらなかったのですか」

長年の誤解が解けた母は先ほどとは打って変わって、憑《つ》き物《もの》が取れたかのような穏やかな顔になっていた。そんな母に父が申し訳なさそうに笑いかけている。

「前王の手前話せなかったのだ。自分の娘だから助けてやってほしいと頼まれてな。あの時はまだ私は王太子だったから父の願いを聞くしかなかった。お前に嫌な思いをさせて悪かった」

「ノーマン……」

あ、ノーマンって王《父》の名前ね。ちなみに母はセフィーヌだから。

「ええと、つまりどういうことなの？」

ポカンとするレオナに仕方がないのでまた私が説明してやった。ほんっと、大サービスなんだから、耳をかっぽじって聞いてほしいわ。

「あなたは王の子ではなく、あなたのママが王の母違いの妹。私とあなたは従姉ってとこかな？」

「嘘……娘じゃないの？」

レオナがようやく自分の間違いに気づいたようだ。

「あなたは、正真正銘私の子で、あなたの父は私が妊娠した途端に行方をくらませたクズの庭師よ！」

自分の母親の告白にレオナが真っ白になっていた。どうりで私と顔が似ているわけだ。父方の血統は引き継がれているからね。

「王族の血を引く娘だから、お前も、レオナもわがままを許してきたが、もう限界だ！　こんなことをしでかしてどうするつもりだ！　カルマン家は王家の支援を受けて成り立っているんだぞ」

カルマン伯爵が嘆いている。どうやら彼は父の異母妹と結婚して面倒を見ることで王家から多額の援助を受け取っていたようだ。

そこからワイワイと客人たちが各々喚きだした。

いや、客人なんかじゃない！

お前らはこの屋敷に湧いて出た害虫だ！

「静かに！」

私の声で場がシン、と静まり返った。

「で、結局、レオナ様は私の夫フレデリックと不倫をして、子を産んだのですか？」

私が聞くと青ざめたのはレオナの両親だった。

「なんてことを言ってひと様の屋敷に押し入ったんだ！」

「あなたとフレデリック様に接点なんてないじゃない！　その子はあなたが運命の人だって浮かれて付き合ってた傭兵《ようへい》の子でしょう」

両親に責められて唇を噛みながら涙目になったレオナは、拳をブルブルと握って訴えた。

「だって、だって、あの人、お金だけ持って逃げちゃったし。私が不幸になるなんておかしいもの！」

「この、バカ娘めえええっ、やっぱりあの金を持ち出したのはお前だったんだな！」

カルマン伯爵が金切り声を上げる。母娘《ははこ》そろって相手に逃げられちゃったらしい。

「それに、ブローチなんていつ持ち出したの！」

「ママとパパが話しているのを聞いたの。王の娘で迎え入れられていたら王女だったたって」

「はあ……私の話と勘違いしたのね」

「王都に着いてフレデリック様の結婚を知ったわ。そうしたら相手のシャルロット姫は『白パン姫』と呼ばれる太った影の薄い王女だっていうじゃない。同じ王女なら私の方がいいに決まっているって思って……」

「だからって、お前が取って代われるわけがないだろう！　どうしてこんな恥知らずに育ったんだ」

カルマン伯爵まで娘を罵倒し始め、もう溺愛パパの影もかたちもない。今までまともに叱られたこともなかったのだろう、レオナは涙と鼻水でくしゃくしゃの顔をしていた。

お前が甘やかしたからこんなになったんだろうが！　と私は言いたい。

「私の大切な夫に濡れ衣《ぎぬ》を着せ、あまつさえ私をここから追い出して取って代わろうだなんて、強盗のような所業ですね？　今回の騒ぎで夫の不名誉が少しでも広まったら、私は妻として徹底的にあなた方をつぶします」

「私もそれには賛成だ。全力でシャルロットを支援しよう。カルマン伯爵、今後はもう完全に縁を切らせてもらう。ブローチも王家に返還しろ」

「私の鞭の餌食になりたくなければ、すぐにそのバカ娘を連れて領地へ戻りなさい」

「ひいいいっ」

意外にも両親は私に加勢してくれた。私の人生初めてのことだ。

それからカルマン伯爵夫妻は震え上がって、みっともなく泣きじゃくるレオナと赤ちゃんを連れてすぐに領地へと戻っていった。父の話では援助を切られたら生きていけないような貧相な領地らしい。

これから苦労するんだろうなぁ……ご愁傷様。

「シャルロット、お前の王女としての考えは立派だった。そして、毅然《きぜん》とした態度は父として誇らしかった」

突然父にそんなことを言われてひどく困惑してしまった。

「お父様はどうしてここに？　謁見まで日にちはあったはずです」

「……フレデリックと約束したのだ。お前のピンチには手を貸すと。その、誕生日も祝いに行ってやれず、すまなかった」

その言葉に私はポカンとしてしまった。

てか、父、私の誕生日会に来るつもりあったの？

「王妃がマリアとキャロルを連れていくというので、気まずくてな。その、シャルロットのことになると王妃が神経質になるので」

「……私も、悪かったわ。考えてみるとずいぶんあなたに当たっていたわ。あなたを見るとつい妊娠中の嫌な思いがよみがえってしまって……イライラしてしまったの」

そこへ母までも懺悔しだした。

両親が急に私に謝罪……でも、それを私はどう受け取っていいかわからなかった。

「つまり、お二人は私のシャルに辛い思いをさせてきたのですね」

この場にいるはずもない声が聞こえた。

それは……私の頭に強烈にインプットされている声で……。

「フレデリック！」

声の方を見ると、なんか全身茶色のフレデリックが立っていた。茶色っていうか、あずき色っていうか……。なに？

「あれ？　私の不倫相手を名乗る女性はどうしたのですか？」

「ええと、嘘をついていたみたいで……領地に帰りました」

「シャルは大丈夫？」

「大丈夫です」

一旦私の心配をしてからフレデリックが両親に片膝をついて挨拶をした。

「それと、どうしてお二人がこちらに？」

「ああ。それは、今回のことは私の異母妹が原因だったのでな」

父が気まずそうにフレデリックに説明した。

「シャルのピンチに来てくださったのですか？」

「……約束だったからな。しかし討伐はどうしたのだ」

「ご安心ください、すべて始末してから戻ってまいりました」

「……まさか、お前……」

「急いで来たので、返り血まみれで申し訳ありません」
ギ、ギャアアーッ。茶色だったのは……モンスターの返り血だったのか……。
約束って、私になにかあったら父が助けになってくれるってこと？

「とにかく、問題は片付いたから体を清めてこい」

父もフレデリックの姿を見て焦っている。あの距離だと匂いもきつそう。

「王……」

「なんだ？」

「私はあなたに剣を捧《ささ》げましたが、愛はシャルロットに捧げます」

「わかっている！　さっさと行ってこい」

フレデリックは「では支度して戻ってまいります」と応接室を出ていった。

何気なく父と母を見た。ずっと私に無関心だった両親……。

私の視線に気がついたのか父が口を開いた。

「ちょうどお前の誕生日前に話すことがあってな。お前があまりものを欲しがらないと聞いた。その時は慎ましくていいじゃないかと思ったが……一度も必需品以外欲しがったことがないことに気がついたのだ」

「いえ、十分にしていただいていましたから」

「違うんだ、シャルロット。お前の兄姉たちは誕生日にはいつもいろいろ要望してくるんだ。それで私は不思議に思って、一度もお前になにが欲しいか聞いたことがないと思い返した」

父の言葉に反応したのは母で、その顔は青くなっていた。

「セフィーヌへ異母妹のことを黙っていた後ろめたさもあり、お前を避けてしまっていた。お前はこんなにも王女として立派に育ってくれていたのに」

「わ、私もだわ……ごめんなさい。ノーマンに事情を聞く機会なんてたくさんあったのに、怖くて、できなかった……愛人の方を愛していると言われたら、って思うと……」

「五人も可愛い子を産んでもらって、そんなことはしないが……」

確かに、五人も子供作っておいてよそで愛人なんて鬼畜だぞ。もともとこの二人は仲のいい夫婦として有名なのだ。

「シャルロット……その、抱きしめてもいいかしら」

母が、控えめにそう言った。

しかし私の体はそうですか、とは動かなかった。もちろん兄姉がなにかしら機会があると抱き着いているところを幼い頃からよく見ていた。

でも、その温もりは私にはいつも与えられないものだった。

どうしていいか、わからない。

固まっていると後ろから声をかけられた。

「シャル、ただいま。愛してるよ」

そこに身綺麗になったフレデリックが現れていて、当たり前のように手を広げている。私は硬直

していた体の力を抜いて、自然とフレデリックに抱き着いた。そこには慣らされた安心感があった。

「お帰りなさい」

「うん、ただいま」

私がフレデリックに抱き着くのを両親が見ていた。

「あなた方にシャルは抱き着きません。その役目は私がもらいましたから」

国王夫婦相手にそんなことを言って大丈夫かな、と思ったけれどフレデリックなら大丈夫だと思った。こっそり両親を窺うと、少し寂しそうな目をしていた。

「築けなかった信頼はこれからゆっくりと取り戻そう。セフィーヌ」

父が母の肩を抱いた。なんだかんだいってもラブラブである。しかし、親のイチャイチャなんてどこかよそでやってほしい。

そうして二人は王家の馬車で忍びもせず帰っていった。

やれやれと、ようやく静かになった屋敷に安堵した。

ずっとフレデリックの腕の中にいることに気づいて抜け出そうかとも思ったけれど、その心地よさにしばらくはまどろむことにした。


「キューッ」

「うん、フレフレもただいま」

様々な人が屋敷にいたので、人見知りのフレフレはずっとポシェットの中で大人しくしていた。

けれど、フレデリックが帰ってきているとわかってからは、そわそわしているのがわかった。

ようやくみんながいなくなってフレデリックに甘える声を上げたのだ。

「フレフレにも、愛してる、でしょ？」

「う、うん。愛してるよ、フレフレ」

外を見まわしてからポシェットから出てきたフレフレは嬉しいのか、フレデリックにまとわりついた。なんて健気で可愛いフレフレ！

「リックだけ先に戻ってきたんですか？」

聞けば一人で先に戻ってきたらしい。ほかの騎士団員は遅れて帰ってくるみたい。

「モンスターは倒したし、問題ないよ。それより俺に不倫に隠し子疑惑まで浮かび上がってたんだ、戻らないわけにはいかないだろう」

「そうだけど」

「でも、シャルは初めから疑いもしなかったって母さんが伝えてきたよ」

「ええと、まあ」

レオナが巨乳だったら疑っていたかもしれん。

あれから城でことの顚末《てんまつ》を聞いた。

カルマン伯爵は王家から縁を切られ、援助も失くし領民からも逃げられているそうだ。

ずいぶん娘を甘やかして贅沢させていて、今そのつけを払わされているらしい。

子供は遠い親戚に養子に出して、レオナはどこかに嫁がされるようだ。

わがまま放題したレオナがどうなっても知らないが、子供には罪はないのでどこかで幸せになっていることを祈る。

聞くところによるとレオナはフレデリックに憧れていて、銀髪のイケメン傭兵に引っかかってしまったらしい。そうしてその男の口車に乗ってお金を持って家出……子供までできたのにある日全財産を持って男は消えたのだ。

で、しぶしぶ屋敷に戻ると両親が王家の紋章の入ったブローチの話をしていた。そこで母親の話を勘違いして自分が王の娘だと思い込んだようだ。

そして王都に出てきてフレデリックが結婚したことを知る。自分と年も変わらない私が結婚したことを知り、留守の間に私を追い出そうと思ったようだ。んなバカな。

先に城の方でブローチ出して暴れてくれていたら、門前払いで伯爵家に戻って問題なかったのに。

「……と、こんなところだ。先代の隠し子のことでお前たち夫婦に迷惑をかけてすまなかった」

神妙な面持ちの父は今日は王ではなく、『父』として私たちを王城に招いていた。こんなふうに結婚してから両親とテーブルを囲むなんて変な気持ちだ。

隣のフレデリックを盗み見るとつまらなそうにしていた。自分の愛人&隠し子疑惑は晴れているからね。

「それでは、事件の全容も把握したことですし、私たちはこれで失礼します」

私が切り上げようとすると、それに気づいたフレデリックがパァァと明るい顔をした。よほど屋敷に帰りたかったようだ。討伐から戻ってきたばかりでまだ疲れているのだろう。

「待って……シャ、シャルロット……め、珍しいケーキが手に入っていて」

母の言葉に、立とうとしていた私は再び席に着いた。

ケーキ……とな?

フレデリックががっかりして同じように座った。しかし、あんなにダイエットを強要していた母がそんなものを用意するとは意外だった。

ワクワク。

「さあ、召し上がれ」

そうして運ばれてきたのはコランダルシーラの看板商品のタルトタタンである。このタルトタタンのすごいところは一枚焼き上げるのに十八個のリンゴを使うだけでなく、リンゴ農家から直接この店だけの品種のリンゴを仕入れているところにある。酸味と甘みの絶妙なバランスが素朴なパイ生地と上手くマッチングしている絶品ケーキなのだ。

が、残念。実は昨日シモシモが私を元気づけるために持ってきてくれていたのだ。

「お母様……まことに残念なのですが、昨日、同じものをいただいてしまいました。今、私はカロリーコントロール中ですので、お気持ちだけいただきます」

「えっ……」

まさか私が断るなんて思っていなかったのか母が驚く。でもさ、ダイエットを言いだしたのは母じゃんか。今さらケーキってなんだよ。

「私が言うのもなんですが、絶品ですからみなさんで美味しくいただいてください。さ、見ているのはさすがに辛いものがありますからお暇しますね」

「あのっ……久しぶりに、王城に泊まっていかない？　あなたに見せたい宝石があって」

なおも食い下がる母を不思議な気持ちになって見た。私を引き留めてどうしたいのだろうか。

「討伐から帰った夫を休ませてあげたいのです。お話は十分に聞きましたから、いいでしょう？」

暗に帰らせてくれよ、と訴えると母が絶望したような顔をした。なんで、そんな振られた、みたいな感じになってるのよ。さっぱりわからん。

そのタイミングで隣から手が伸びてくる。――フレデリックだ。

おいこらテーブルの下で手を握ってくるな。軽く手を払ってみたが、無駄だったのでそのまま手を繋いで立ち上がる。途中で立ち上がって帰るなんてマナー違反だろうけど、事情が事情だし、仕方ないよね。

「スリムになったわね……」

立ち上がった私を見て母がつぶやいた。一番痩せた時からすると太ってるから目の前のケーキも食べられないんだけど。でも、母から認めるような言葉が出ると、ちょっと嬉しい。

「頑張りましたから！」

一度フレデリックを見てから母に笑いかけた。さりげなくフレデリックが私にぴったりと寄り添った。早く帰りたいんだな、と解釈して私は抵抗することなくそれを許した。

私たちの姿に両親は目を細め、「また、遊びにいらっしゃい」とだけ言うと、退出を許してくれた。

討伐から戻ったフレデリックはしばらくお休みをもらった。結局ほかの騎士団員たちは二日遅れて帰還した。いったいどんなスピードで帰ってきたんだ、フレデリック……。

しかし頑張って帰ってきたのだからねぎらってやらなくもない。とんでもないって思ったけど、返り血もそのままに急いで駆けつけてくれたんだしね。

「使用人に聞いたよ、シャルが俺の名誉のためなら闘うって言ったって！」

「そんなこと言ったかな」

ちょっと違う気もするけれど、まあ、同じなのかな？

「俺って、シャルに愛されてる！」

満面の笑みで嬉しそうにするフレデリック。うーん、愛してるっていうのかな。これって。自分の生活を守ろうとしただけだよね？

「ところで、今日は肌寒くないかな？」

「……そうは思いませんけど」

「いや、少し寒いと思う」

なぜだか寒いと訴え始めたフレデリックに眉を寄せる。なにを言いだしたんだ？

「ちょうど暖かいセーターがあるって母から聞いたんだけど」

「え？」

「両親たちのセーターは制作中らしいよね」

な、な、なぜそれを……ブ、ブランシェ様、まさか！

「フレフレも暖かそうなポシェットに入っていて、羨ましいなぁ」

「いや、その、実はあまりいい出来ではなくて」

どうしよう、完全にバレている。まさか、チェストの奥に隠していることはバレてないよね。

焦った私が視線をチェストに向けると、その視線をフレデリックは見逃さなかった。

「こっちに入れてあるの？」

さすが、数々の犯罪者と向き合ってきただけあって、視線だけでブツの隠し場所を特定してしまったフレデリック。すぐに引き出しが開かれて、奥から二枚のセーターが出てきてしまった。

「わあ、とっても素敵じゃないか！」

「あ、いや、でも……」

「シャルは本当に奥ゆかしいんだから。自慢して出してきてもいいのに」

「そ、それは」

ペアルックじゃなければそうしてたけどさ！

「母がシャルは恥ずかしがって見せないかもしれないって言っていたけど……、十分よくできてるよ」

フレデリックが早速、セーターの前ボタンを外してそれを羽織った。あれ、めっちゃ似合ってる。

うん、やっぱり、私ってば天才じゃんか。

「着心地も最高だよ。シャル、ありがとう。ああ、俺がいない間もこんなにも俺のことを想《おも》っていてくれるとは、なんて幸せなんだろう」

怖くないのか？　いくらなんでもちょっとさ。

「ん？」

そこで、先にセーターを羽織ったフレデリックがもう一枚のセーターを私に差し出した。

いや、着ないからな。恥ずかしすぎるだろうが。

しかし、セーターの前ボタンはもうすべて外されていた。

「シャル、ほら」

ニコニコと笑うフレデリックの圧がすごい。そうして半ば無理やり羽織らされた私は彼の隣に並ばされた。パウダールームの大きな鏡の前にはそろいのセーターを羽織ったバカップル……。

違う、断じてラブラブなんかじゃない。

そう思っても鏡の中に映ったカップルはなかなかのラブラブぶりに見えた。

それからは朝の散歩に「肌寒いから」と言ってはセーターを羽織らされる日々。使用人たちからは生温かい目で見られていた。

一人テティだけが大きく胸を撫でおろしていたのは間違いない。

「はい、すっかり引いてもらうのを忘れていたよ」

手を広げていたフレデリックをかわすと、久しぶりに見るピンクの縞模様の箱が出てきた……。

久々だな、おい。

中に手を入れて一枚カードを引くとフレデリックの前に差し出した。

フレデリックがカードを開く。

――お帰りなさい、なでなで。

カードにはそう書いてあった。一瞬それを見て眉をひそめたフレデリックは、ハッとしてからクスクスと笑った。

「バレちゃったんだ」

「箱の中には袋が二つ入っていて、箱を差し出す時に好きな方を引かせることができたのですよね」

どうもおかしいと思って、私はフレデリックの留守中に箱のからくりを調べたのだ。もう、思い通りにはさせないぞ。この策士め。

「まあ、なでなでも悪くない」

そう言って体を低くして頭を差し出したフレデリックに、私は「よしよし」と横柄な態度で頭を撫でた。ちょっと気分いいわ～。

「覚えておいて、シャル。俺が心を捧げるのは生涯君だけだ」

「きゃっ」

大人しく頭を撫でさせたフレデリックはそのまま腰に腕を回して私を抱き上げる。

「うーん……ちょっと運動が必要なんじゃないかな」

「ええと……」

フレデリックがいない間に気が緩んだ私はシモシモのお菓子を堪能してしまっていた。

ただいま七十二キロ……の二キロオーバーである。

「あっ」

抱えられた私の足にピンクの縞模様の箱が当たって床に落ちてしまった。バラバラと中のカードが箱から舞い散った。

「あとで拾えばいいよ」

フレデリックはそう言って一目散に私をベッドに運ぶ。ふと床に落ちたカードの一つの内容が見えた。


――愛してると言ってキスをする。

なるほど、フレデリックは帰ってきて私にそうしてほしかったようだ。私の夫は案外可愛いところがあるんだなぁ、と思うと頬が熱くなった。

「どうしたの？　頑張ってきたからシャルを堪能させて」

「……ほどほどでお願いします」

「俺はシャルが恋しかったんだけど」

「私はいろんなことがあって退屈しませんでしたね」

「つれないなぁ……」

残念そうに言うフレデリックはすでに私の胸に顔をうずめていた。

「はあ……癒される。サイコー……」

太ったから揉み心地もいいのかもしれない。

しっかし、好きだよね……。

「リック……」

「なんだい？」

「いつものやつ言ってもいいですよ」

「いつもの？」

「いつものです」

少し考えて思い当たったフレデリックは嬉しそうに笑った。

「愛してるよ、シャル」

「あーハイハイ」

私の答えは変わらないけれど、ずいぶんこの言葉にも慣れてきた気がするのである。まだよくわからないから、私からは愛していると言わないけれどね。

そうして私はもう少し愛を乞う夫の姿を眺めてみることにした。

あとがき

　ＷＥＢ版を読んで書籍を購入してくださった方、初めて書籍を購入してくださった方、この本を手に取ってくださってありがとうございます。

『初夜下剋上　ぽっちゃり姫ですがイケメン副団長の夫と一夜で立場が逆転しました』は私自身、何度繰り返しても成功しないダイエットに嫌気がさし、痩せることに抵抗するヒロインがいてもいいいじゃないかと思って執筆しました。

　それもあって、シャルロット姫はこの先、王妃が求めたような細身になることは多分ないと思います。期待した読者様がいればこの場をお借りしてお詫び申し上げます。

　でも、そんなシャルロット姫のことをフレデリックが大好きなのは変わりません。

　食べることが生きがいで少しひねくれているシャルロット姫と、いつも討伐のことばかり考えている完璧美形フレデリックが夫婦となることから始まる物語。お互いに成長し合っていく姿を応援してもらえたらなって思います。ついでにたくさん笑ってもらえたら嬉しいです。

　興味のある方はＷＥＢ版に、舞台を現代に差し替えただけの話も書いていますので探してみてくださいね。

　書籍では、フレデリック視点やシャルロット姫がセーターを編むお話を加筆しています。ＷＥＢで執筆していた時はフレデリック視点は書かないつもりだったのですが、案外書いてみると楽しかったです。これも応援してくださった方々が作品を評価してくださって書籍になったおかげです。感謝しております。

最後に関係者皆様に心より感謝いたします。

私が文章を書くだけでは書籍は出来上がりません。たくさんの人のお力添えで素敵な一冊になりました。

そして、シャルロット姫とフレデリックをとっても魅力的に描いてくださった深山《みやま》キリ先生。

シャルロット姫がふわふわしていて可愛くて、可愛くて……本当に感激しました。ありがとうございます。

では、またお会いできますよう願っております。

読者様、大好きです。

竹輪《ちくわ》

結婚相手は前世の宿敵!?
溺愛されても
許しません
柚子れもん
LEMON YUZU
ILLUSTRATION まろ
復讐 VS 溺愛
容赦ない恋の攻防戦
フェアリーキス
NOW ON SALE
女騎士だった前世の記憶がある伯爵令嬢エレイン。ある日しつこく絡んできた男をボコボコにしていると、それを見た隣国の公爵ユーゼルからなぜか結婚を申し込まれる。だが、彼は前世で自分を裏切り死に追いやった宿敵だと判明！　復讐を決意する。しかし、ユーゼルには記憶がなかった。それどころか、前世の自分をエレインにとって忘れられない男だと勘違い。嫉妬全開で迫ってきて——!?　「俺が忘れさせてやる。君は俺の妻となるのだから」
フェアリーキス
ピュア
F
fairy kiss

初夜下剋上
ぽっちゃり姫ですがイケメン副団長の夫と一夜で立場が逆転しました

著者　竹輪　　© Chikuwa

2024年3月5日　初版発行

発行人　藤居幸嗣

発行所　株式会社 J パブリッシング
〒102-0073　東京都千代田区九段北3-2-5 5F
TEL 03-3288-7907　FAX 03-3288-7880

製版所　株式会社サンシン企画

印刷所　中央精版印刷株式会社

ISBN：978-4-86669-650-8
Printed in JAPAN